栞與紙魚子③

諸星大二郎

栞與紙魚子③

目次

雜貨戰爭

哥布林
咦？什麼時候開了這間店？
付喪堂
嗯……？這裡以前有這樣的店嗎？
「哥布林」？好像在哪裡聽過……總之進去逛逛吧。
店名是「付喪堂」……好像很有趣，去看一眼好了。

看起來是進口雜貨店……但品味還眞差。
特賣 一個300元
古董行嗎？商品都髒兮兮的。
不過這塊貝殼有點漂亮……
可是眞的好便宜啊。
這是特價商品喔。
咦……但是……
現在買還送贈品喔。

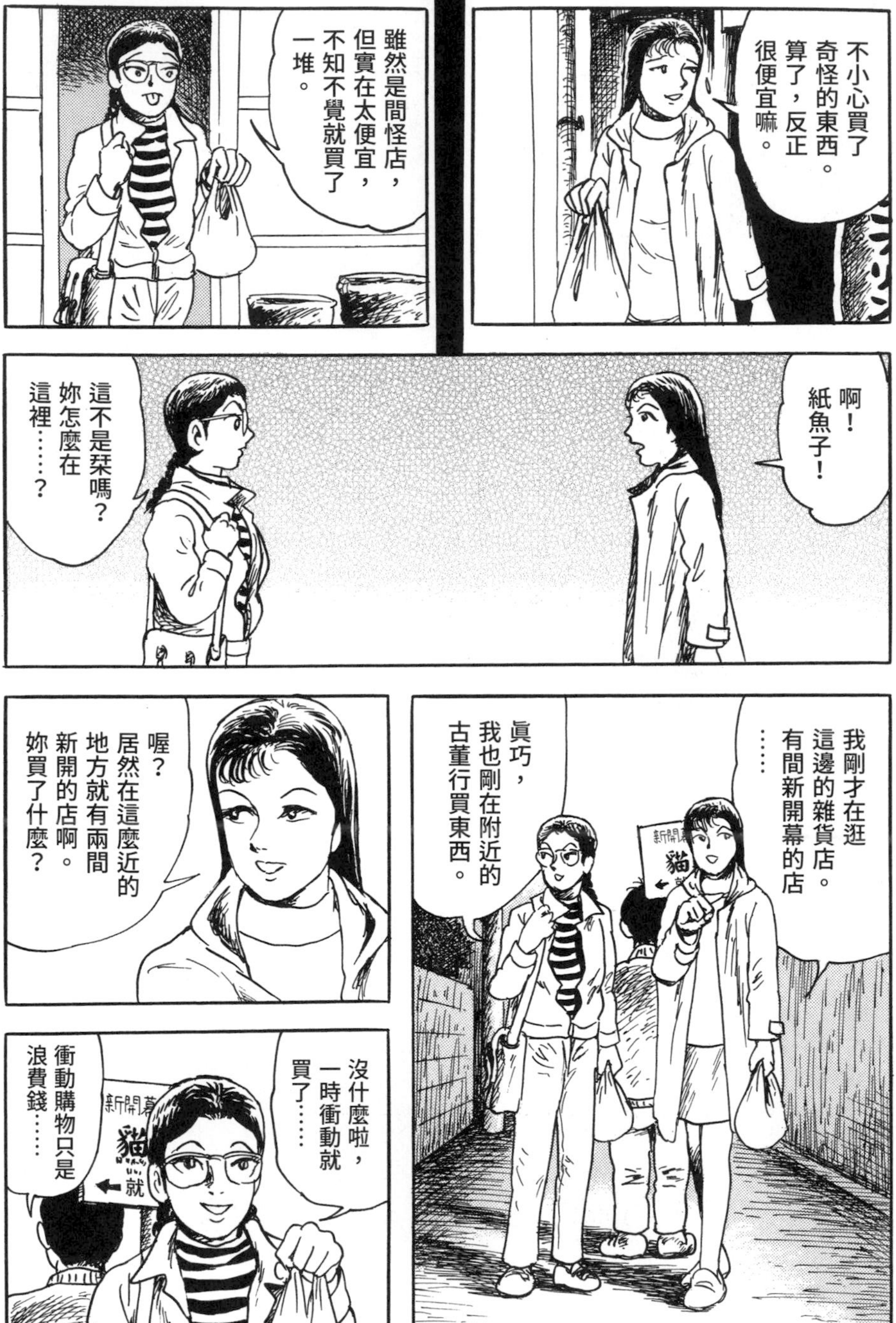
不小心買了奇怪的東西。算了，反正很便宜嘛。
雖然是間怪店，但實在太便宜，不知不覺就買了一堆。
啊！紙魚子！
這不是栞嗎？妳怎麼在這裡……？
我剛才在逛這邊的雜貨店。有間新開幕的店……
眞巧，我也剛在附近的古董行買東西。
喔？居然在這麼近的地方就有兩間新開的店啊。妳買了什麼？
沒什麼啦，一時衝動就買了……
衝動購物只是浪費錢……

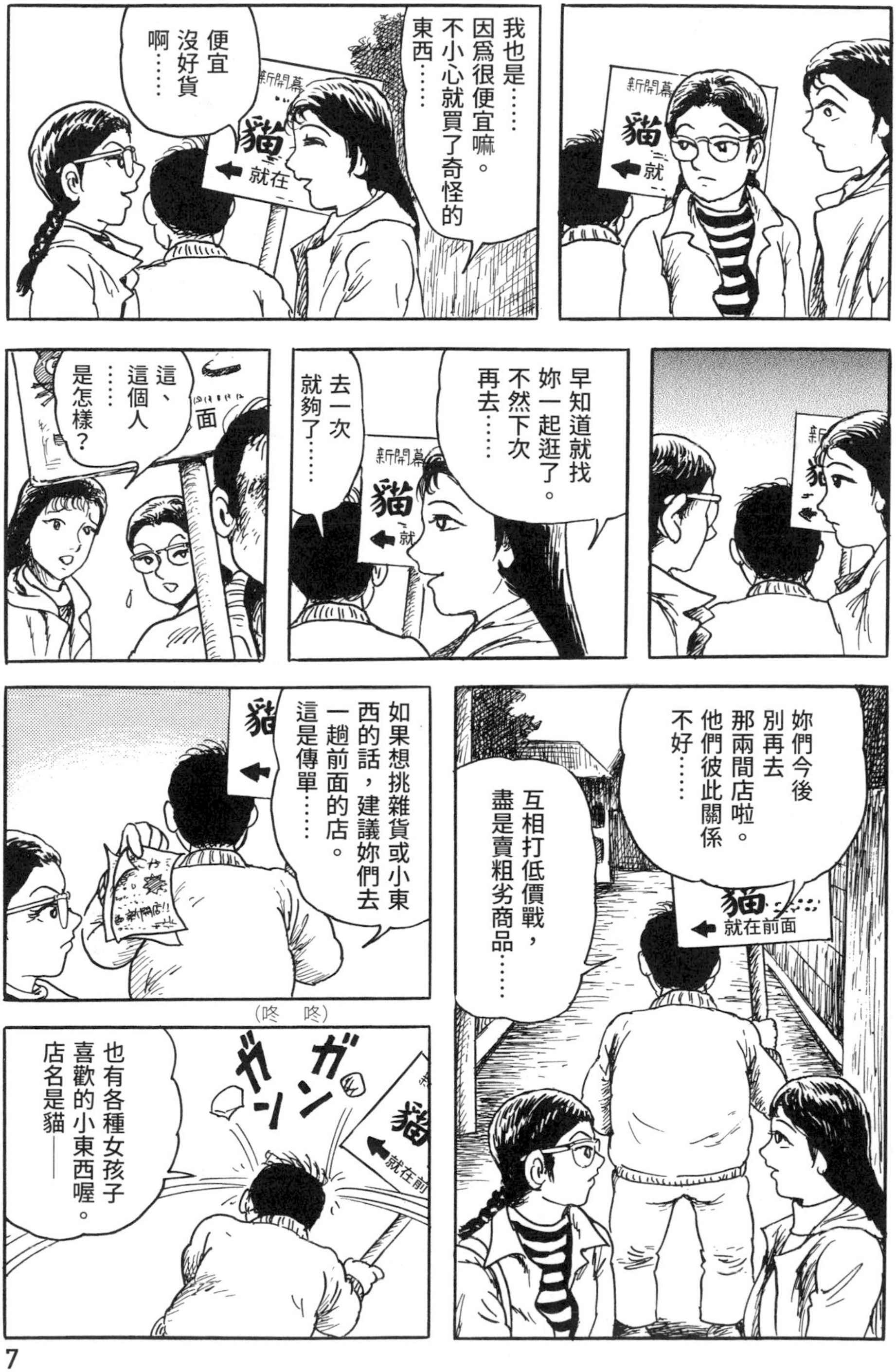
我也是……因爲很便宜嘛。不小心就買了奇怪的東西……
便宜沒好貨啊……
新開幕
貓
就在
早知道就找妳一起逛了。不然下次再去……
去一次就夠了……
這、這個人……是怎樣？
妳們今後別再去那兩間店啦。他們彼此關係不好……
互相打低價戰，盡是賣粗劣商品……
貓
就在前面
如果想挑雜貨或小東西的話，建議妳們去一趟前面的店。這是傳單……
(咚 咚)
ガン
ガーン
也有各種女孩子喜歡的小東西喔。店名是貓——

快滾！
好痛！總之妳們要來喔！
你這傢伙又來搗亂！
哼！
哼！
怎、怎麼回事……？好詭異的氣氛……
我好像在哪裡看過剛才的怪人……
我、我們走吧？要不要順便去我家？
我媽好像出門了。我來泡茶。

キィ……
（嘰……）
啊，是波里斯，稍等一下喔。
波里斯，吃飯時間還沒到吧？
你們家裝了貓門啊。
對啊，我爸覺得每次都要幫波里斯開門很麻煩……
多虧這扇門，波里斯白天都不在家。
フンフン
（嗅嗅）
怎麼啦？為什麼不吃呢？這傢伙最近都這樣。給牠飯也不吃，也不常回家……牠都在外面做什麼啊？
ぷい
（哼）
該不會在外面吃飽了吧？跑到別人家佔便宜……
可能是喔。牠之前還叼了塊看起來很貴的生鮪魚片回來啃呢。

到底是從哪裡找來的？要是牠能說話，我還真想問問牠呢。
這麼說起來，妳聽過這故事嗎？
有人養的狗失蹤了一個多月，某天突然回到家……
聽說那隻狗回家時竟開口說「我回來了」。
騙人的吧。
咦!?
（啪 嘰）
キイ
パタン
算、算了，去我房間看我們今天的戰利品吧。

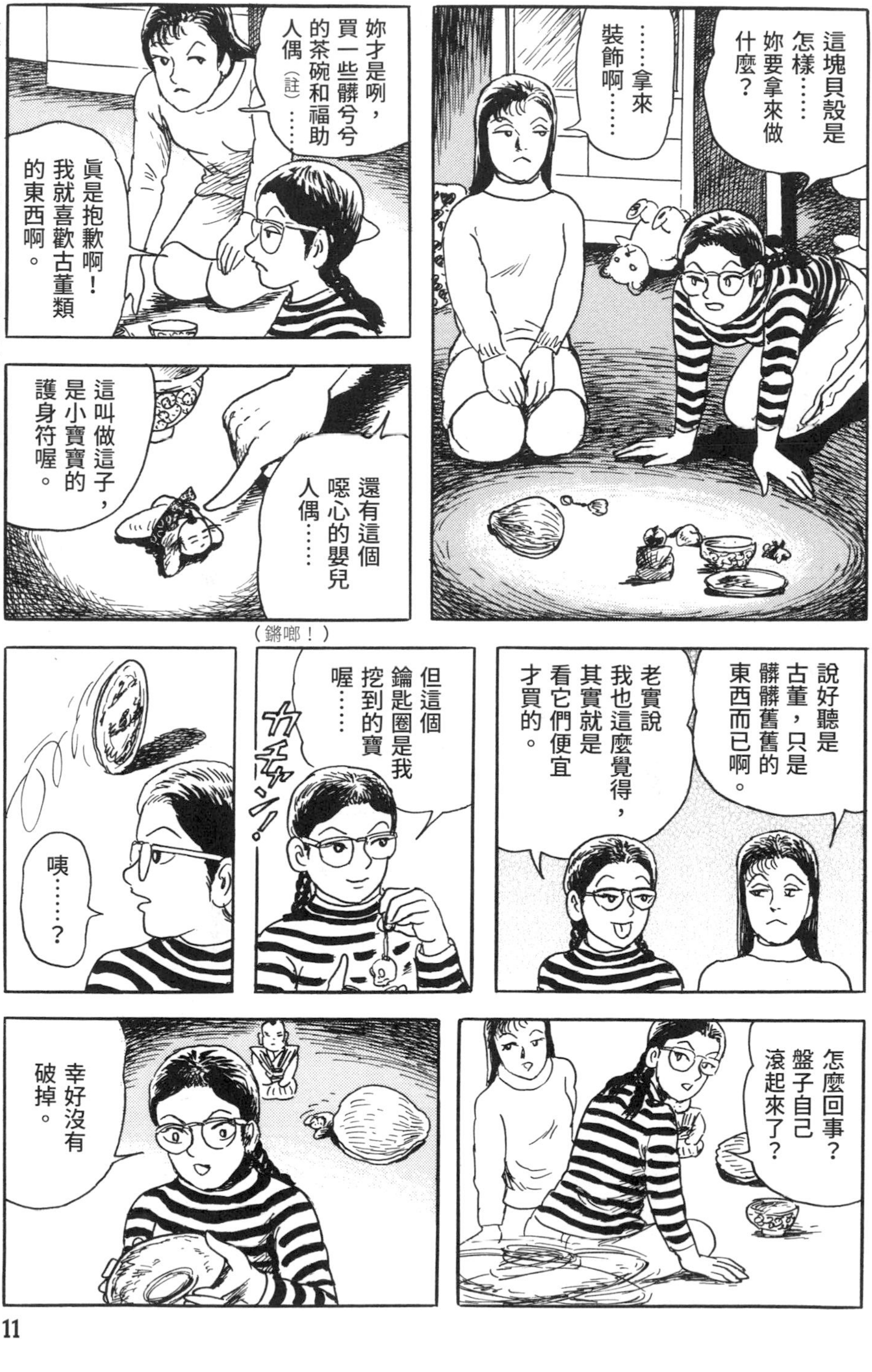
這塊貝殼是怎樣……妳要拿來做什麼？
……拿來裝飾啊……
妳才是咧，買一些髒兮兮的茶碗和福助人偶（註）……
眞是抱歉啊！我就喜歡古董類的東西啊。
還有這個噁心的嬰兒人偶……
這叫做這子，是小寶寶的護身符喔。
（鏘啷！）
說好聽是古董，只是髒髒舊舊的東西而已啊。
老實說我也這麼覺得，其實就是看它們便宜才買的。
但這個鑰匙圈是我挖到的寶喔……
咦……？
怎麼回事？盤子自己滾起來了？
幸好沒有破掉。

（註）福助人偶：日本傳統人偶，形象爲正坐的月代頭男性，有招福的作用。

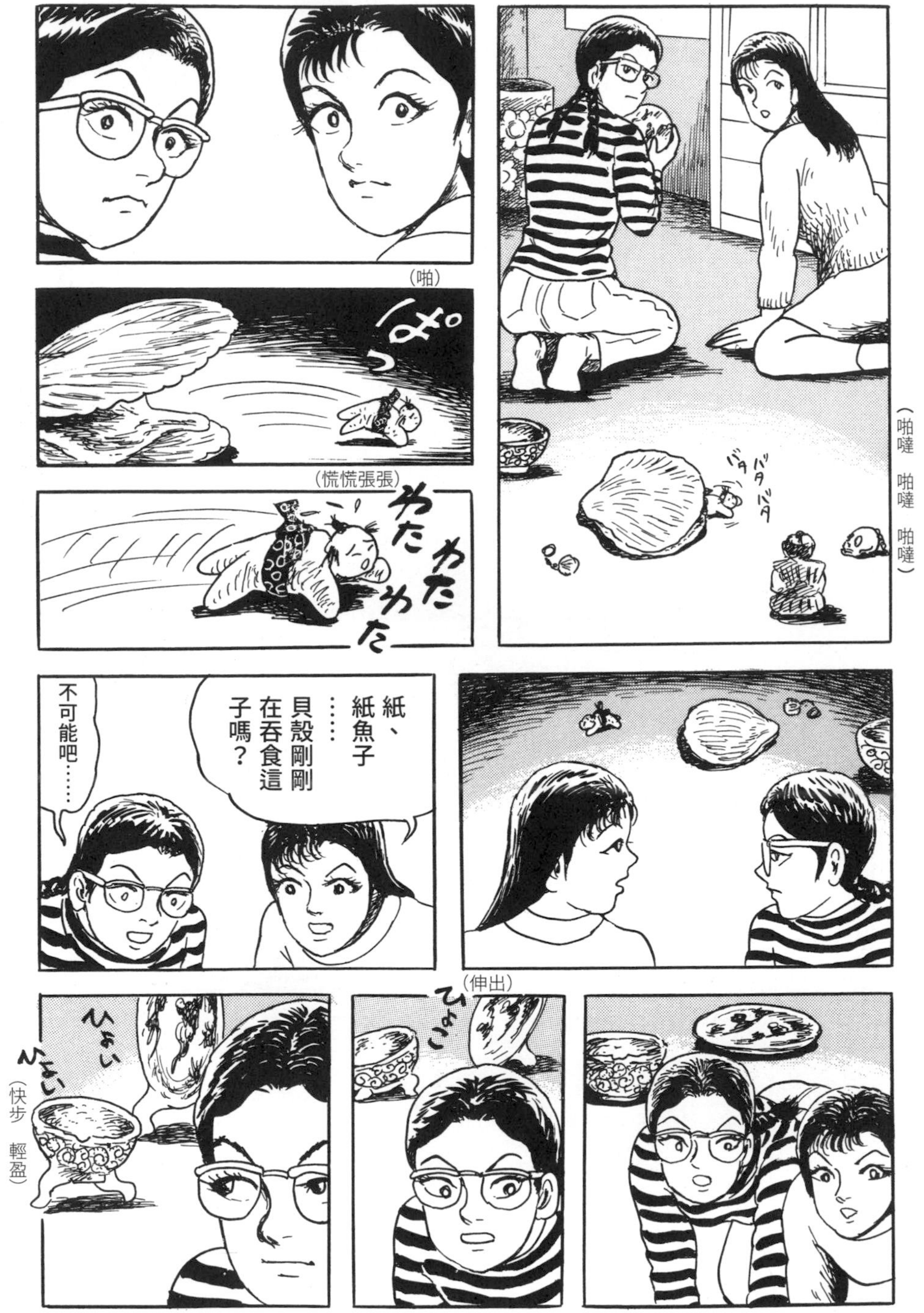
（啪）
ぱっ
（慌慌張張）
わたわたわた
バタバタ
（啪噠 啪噠 啪噠）
紙、紙魚子……貝殼剛剛在吞食這子嗎？
不可能吧……
（伸出）
ひょこ
ひょいひょい
（快步 輕盈）

とととと
（噠噠噠噠）
嗯!?
哇啊!
（啪）
がぶ!
（咬住!）

ワーーーッ
(嘩——)
ドドドド
(噠噠噠噠)
(咚咚咚)
怎、怎麼回事!?貝殼飾品、茶碗和人偶在打架!?
它們下樓了!

不見了……
在這裡！
福助和這子拿著
叉子去客廳了！

(噠噠)
ダダッ
(噹 噹 噹)
カン
(咻)
ビュッ
(唰)

ちゃん
ちゃん
(鏘鏘)
雜、雜貨們在拿刀槍對戰……？
貝殼好強啊！簡直就像劍士……
ドドドドド
(噠噠噠噠)
こてん
(倒地)
(啪)

哇！危險！
はっし！
ヒュ～ッ！
(咻)
(唰)
ガン ガン ガン
(噹噹噹)
哇啊！貝殼要裂掉了！
妳在做什麼！那是我的福助耶！
誰叫它要破壞我的貝殼！
什麼我的貝殼……那種東西很重要嗎!?
眞失禮！好歹是我花錢買來的啊……

（等等）
（噠噠噠）
但它是活著的耶！妳還打算拿來裝飾？
妳、妳的茶碗不也活蹦亂跳的嗎？
我想起來了，我是在叫「付喪堂」的店買的。雖然當時就不太對勁……
該不會他們賣的是舊到成爲付喪神(註)的古董？妳買貝殼的店是怎樣的店？
看起來是普通的進口雜貨店……只是選貨品味有點低俗……
對了，店名叫做「哥布林」。
「哥布林」？和之前那間詭異的肉排館名字一樣？

(註) 付喪神：日本民俗神靈信仰，認爲長年使用的器物會棲宿魂靈。

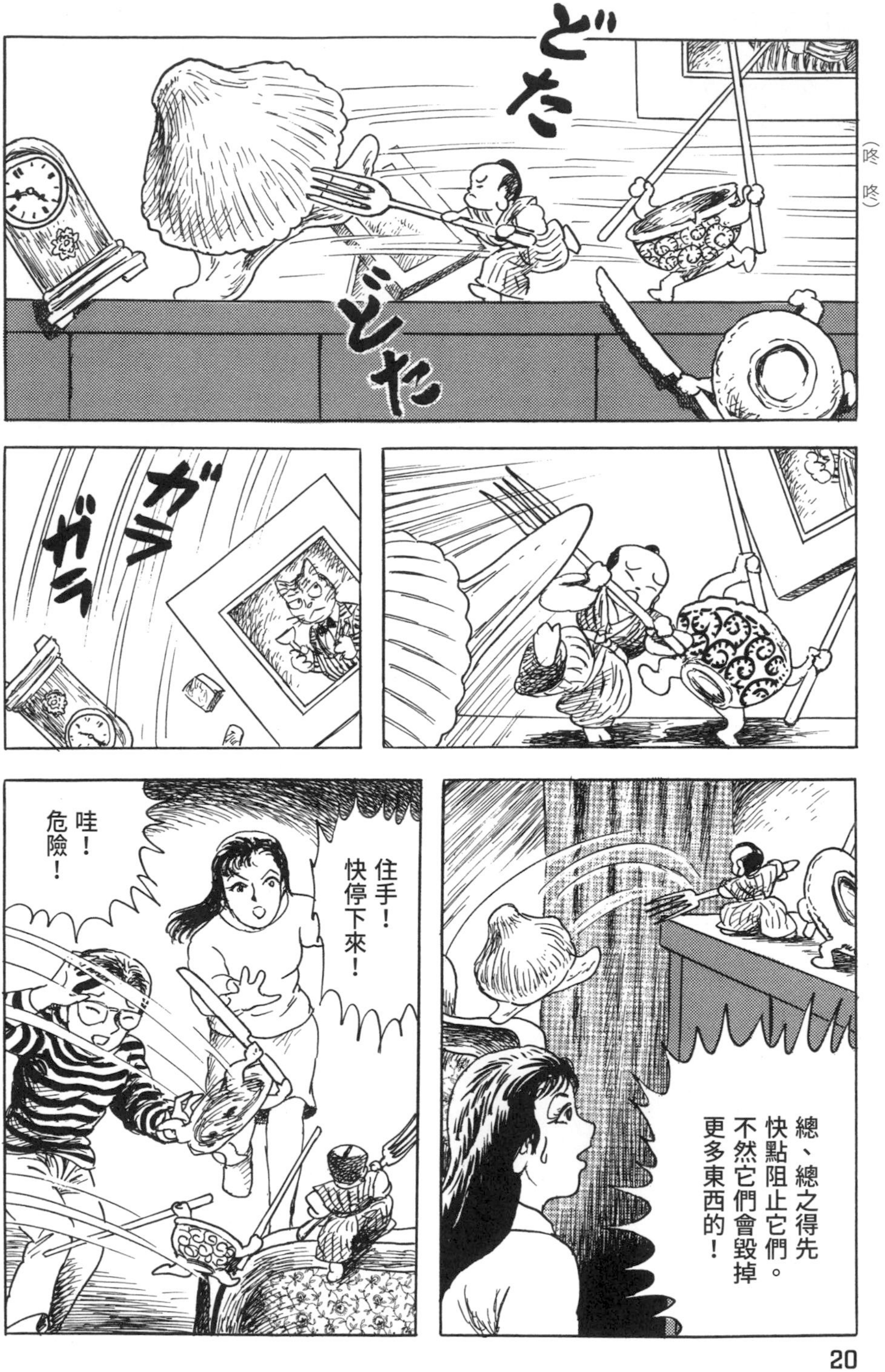
どた
どた
（咚 咚）
ガラ
ガラ
（哐啷 哐啷）
總、總之得先快點阻止它們。不然它們會毀掉更多東西的！
住手！快停下來！
哇！危險！

琹，弄壞貝殼沒關係吧？
爲、爲什麼？很浪費耶！
哪裡浪費了？不都是因爲那塊臭貝殼打算吞掉我的東西，才變成這樣嗎？
妳怎麼能確定是哪邊的錯？妳的古董茶碗也長出了手腳，根本是妖怪啊！
キィ。。。
（嘰……）
ドドド
（噠噠噠）
啊！波里斯！
ズドン!!
（咚！）

ブンブン
(咻咻)
ガチャン
(鏘啷)
パリーン
(嗶哩)
どすどす
(咚咚)
かぷ!
(咬住!)
どどど
(噠噠噠)
ぱりん
(哐啷)
啊啊……啊——
波里斯!做得好!

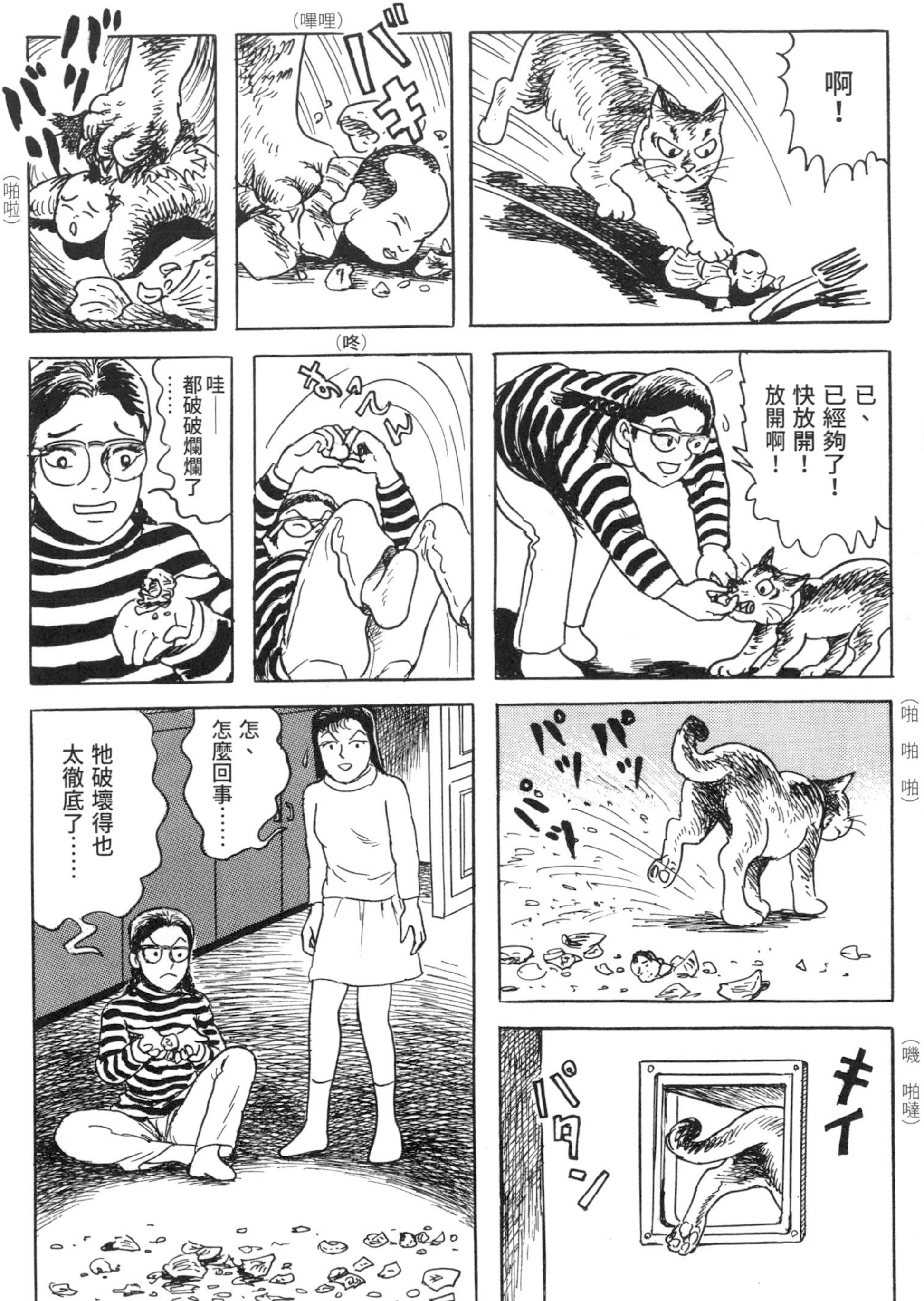

啊！
(嗶哩)
(啪啦)
已、已經夠了！快放開！放開啊！
(咚)
哇——都破破爛爛了……
(啪啪啪)
(嘰 啪噠)
怎、怎麼回事……
牠破壞得也太徹底了……

就算兩間店交情不好，商品也不用打架啊……
咦？這是路上拿到的傳單？
啊……
怎麼了？
發傳單的怪大叔……我一直覺得在哪裡見過……
難道說……
他說就在這前面。
貓小屋

「貓小屋」……是這裡。
貓小屋
(看——)
果然沒錯……
誰啊？
我之前作過奇怪的夢，夢裡波里斯變成了人類，那個大叔……
長得和變成人的波里斯很像……應、應該不可能吧……
我也看過那張臉。但不是在夢中，是在段老師家……
啊……
是最近常來我們家院子玩的虎斑貓。

社長，我買回來了。
你沒偷吃吧？
來，你的分。
生鮪魚片整塊直接啃太讚啦。
但都沒客人上門呢。
妳怎麼想？
貓小屋
呃……當作沒看到吧。
波里斯，你一直吃鮪魚會越來越胖喔。

雜貨戰爭♣完

蠹魚

古書
字論堂
高價收購
（嘰）
キィッ
是紙類回收大叔的卡車。
嘿咻！嘿咻！
紙魚子妹妹在顧店啊？我東西放在這嘍。
大叔，那是什麼啊？

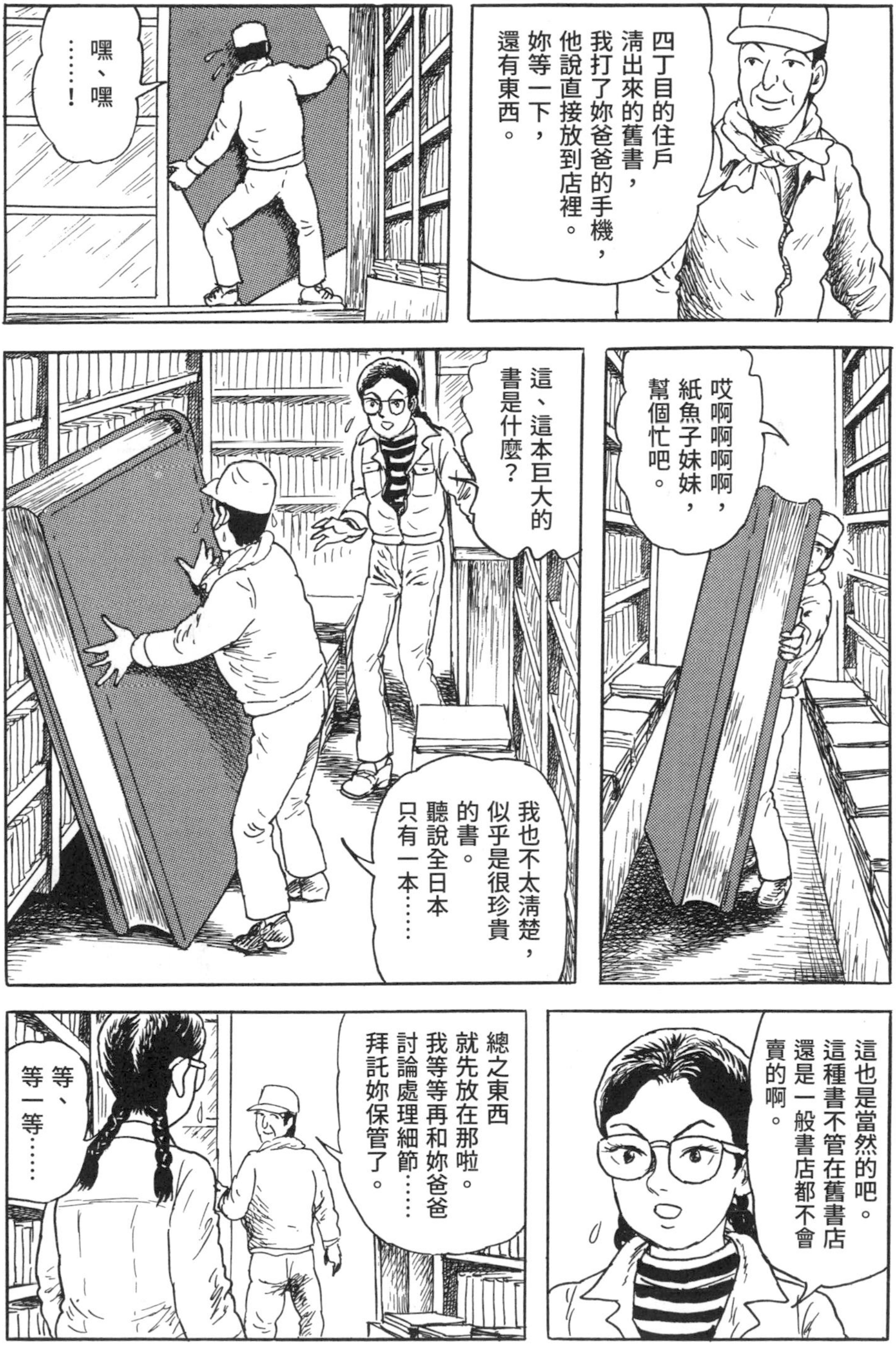
四丁目的住戶清出來的舊書，我打了妳爸爸的手機，他說直接放到店裡。妳等一下，還有東西。
嘿、嘿……！
哎啊啊啊啊，紙魚子妹妹，幫個忙吧。
這、這本巨大的書是什麼？
我也不太清楚，似乎是很珍貴的書。聽說全日本只有一本……
這也是當然的吧。這種書不管在舊書店還是一般書店都不會賣的啊。
總之東西就先放在那啦。我等等再和妳爸爸討論處理細節……拜託妳保管了。
等、等一等……

老爸只要看到奇怪的書就會帶回家……他應該不會買下這本書吧？
這種東西也只能放在博物館展示了吧……
金氏世界紀錄裡最大的書有多大啊？
但光是體積大就太無聊了……
裡面是什麼內容呢？外文書嗎？
書頁好難翻啊……
げふっ
(呼)
唔……
什、什麼啊？看起來連書頁間都堆滿了灰塵……
怎麼還有股腥臭味……？
好像不是英文……反正是看不懂的文字。
硬讀也只會覺得挫折而已，真不好玩。

對了，讓琹也來看看這本怪書吧。
不管老爸多愛書，也不可能買下來吧。趕快趁還回去前……
ピキ…
喂？琹嗎？我家進了一本有趣的書，妳有空的話要不要來看看？
（啪……）
咦？帶不過去啦。
因爲書有點大，妳來看就知道了。
嗯……那我等妳過來。
（呑）
咦……？
呀啊！
ぱくっ

古書
宇論堂
高價收購
紙魚子，我來嘍。有趣的書是哪本？
咦？不在嗎？什麼嘛，還把人家叫出來……
說是有點大，應該不會和人一樣大吧？是哪本書……
……就是這本……

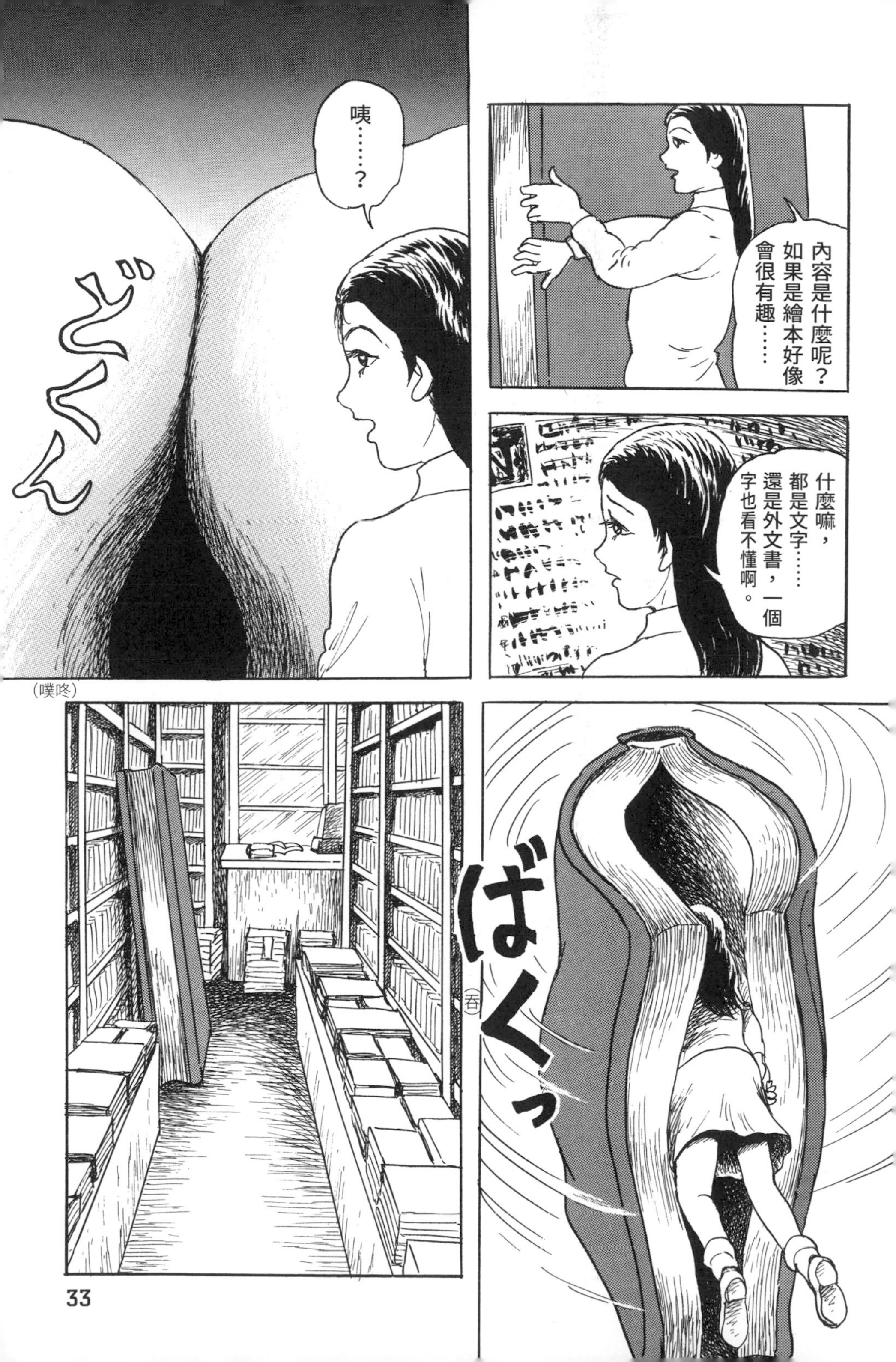
內容是什麼呢？如果是繪本好像會很有趣……
什麼嘛，都是文字……還是外文書，一個字也看不懂啊。
咦……？
どくん
（噗咚）
ばくっ
㊐

這裡……是平常散步的路……
但總覺得哪裡不太對勁……？
我是打算要去哪裡啊……？對了對了，我要帶這些書去海邊。

是大海。
是大海呢……總覺得有點詭異……
天空有海鷗在飛，還有寄居蟹，確實是大海沒錯。
然後……我爲什麼要來海邊啊……？
啊！
バシャン
(噗通)

糟糕！
書……
書逃跑了！
哇！
不好意思！
請問有看到
我的書嗎？
它們跳進海裡
不見了！
那眞是遺憾。
要是書
逃進海裡，
再釣回來
就好啦。
啊！
那是我的書!?
妳錯了，
這是我剛釣到的
書喔。
這裡可是絕佳的
釣點呢。

釣、釣點……？
大叔在釣書嗎!?
沒錯，妳看，有很多書呢。
眞的耶！啊！那不是江戶川亂步的《青銅魔人》嗎？爲什麼會在這裡……
還有稻垣足穗和夢野久作喔。我剛才釣上來的是小栗蟲太郎的《黑死館殺人事件》，當然不是復刻版喔。
哇！不得了！我也要來釣！
妳想試試看啊？要借妳釣竿嗎？
眞的嗎？拜託了！

釣不到呢……
哈哈哈，小妹妹，妳有放餌嗎？
餌餌
餌……？啊，對耶！
用這個可以嗎？
果然還是不上鉤！
啊哈哈哈！不能用那種東西當餌啦。必須用這樣的餌才行。
大、大叔！你魚鉤上掛的是什麼!?
小妹妹，我們可是在釣稀世珍本喔，抱著隨便的態度是不行的。
要用自己的肉體作餌釣書，妳看看我。
我爲了得到心愛的書，都將自己的身體削成這副模樣了……

這就是古書愛好者的精神啊。妳要是也想釣到書，就跟我照做吧。
這才是古書愛好者啊。
原、原來如此。說得沒錯。那我先割塊腳趾來當餌釣釣看吧。
不錯喔，這個借妳。
謝啦。
紙魚子，妳在做什麼？
哇！
ザク
切
妳拿著那東西打算幹麼？
啊！栞！
我要釣書啊，打算割掉腳趾當餌。
妳在說什麼傻話？割下去會流血的，還會很痛喔。

妳說得沒錯。為什麼我會有這種想法呢？
一點也不痛啦，看我就知道了。來嘛！試試看啊！
不痛喔！不痛喔！
(咚)
ドン
什、什麼鬼!? 眞噁心！
バシャン
(噗通)
啊！糟了！
怎、怎麼回事？書在咬他!?
簡直像食人魚……
ガボ
ガバ
(啃咬啃)
ガバ
ガバ
(啃咬)
哇啊！救、救救我！

怎麼辦？是我把他推下去的。
沒關係啦，反正他本來就會割下自己的肉餵書……
妳不是差點就要做出一樣的事了嗎？
眞的呢。不知道爲什麼，就覺得爲了書只是小事一樁……
但那種像食人魚的書，我才不要呢。
栞，妳從哪裡過來的？
問我從哪裡來的……不就和妳一樣嗎？
可能是吧……但我現在完全想不起自己從哪裡來的。
我爲什麼會在這種地方？這裡又是哪裡？
就算問我，我也不知道啊……妳來這裡應該有什麼目的吧？

剛才我也是這麼想的，但妳出現以後，我就不明白了。妳來這邊是爲什麼啊？
我來找波里斯啊。
是益智遊戲喔，只要找到就能贏得泰迪熊。妳要參加嗎？
什麼啊？
這裡是哪裡？不知不覺來到奇怪的地方了。
波里斯就藏在這裡喔。

蠹魚

找到了！
猜錯了。
眞可惜啊。那麼妳要選手還是選腳呢？
選來幹麼？
因爲妳猜錯了，身體的一部分要讓我吃掉。一般人都會從手指開始喔。
咦？要被吃掉嗎？
這是遊戲規則嘛。
是遊戲規則喔。
是遊戲規則喔？好吧。那就從左手開始吧。
一點也不好！

妳怎麼做出和我一樣的事？要是被吃了該怎麼辦！
咦……啊……？我剛剛做了什麼？不知道爲什麼，總覺得很理所當然……
栞，好像不太對勁。清醒一點，好好思考。
我們爲什麼會在這裡？
是爲了找波里斯……
波里斯怎麼會在這種地方？冷靜下來，好好回想！
我本來在顧店，接著紙類回收的大叔來了……
至於我……嗯……是紙魚子找我出來的。我就去了宇論堂……然後發生了什麼事？
找波里斯……
對對，我就來找波里斯……咦？在那邊嗎？
好！這次我不會猜錯！
啊！又猜錯了。
眞可惜！那就讓我從頭咬下去吧。
可惡——！沒辦法，好吧。

不對啦！眞是學不乖！
咦……？我又做出一樣的事了嗎？
所以我才說不對勁嘛！
妳不是來找波里斯的。一定有其他原因，再仔細想想。
到底是什麼啊？
獎品是泰迪熊的益智遊戲……
對對，可以贏得泰迪熊喔，只要在益智遊戲……
就說不是了……
妳剛才說了什麼？
咦……？
「獎品是泰迪熊的益智遊戲」是誰說的……？
多心了！多心了！
妳多心了啦。
嗯？
才不是我多心！就是這傢伙！
這是什麼？
我也不知道，但這傢伙肯定有問題！栞！幫我一下！

好痛！快放開！放開啊！
不能鬆手！
怎、怎麼四周開始搖晃了起來!?
（轟）
哇啊！

ぐえっ
ジタ
ジタ
（嘔）
（咚　咚）
啊，這裡是宇論堂店內……
想起來了！我是被這本巨書吞進去的！
哎呀，竟然一次吞食了兩個人啊？兩位小妹妹眞幸運，還沒被消化就逃出來了。
大、大叔是誰!?
我是漁夫啊。
漁夫？爲什麼漁夫會在舊書店……？
啊哈哈哈，妳們好像以爲這是書啊？錯了，這傢伙是魚喔。

魚？
這是魚？
沒錯，而且是食人魚。妳們退後一點。
喝！
嘿！束手就擒吧！
沒事了，這傢伙叫做蠹魚，會像這樣潛入舊書店吞食愛書人，性情相當惡劣。
但牠也有自己的一套規矩，要是無法說服牠想吞食的人類，就沒辦法消化對方的樣子。
妳們在牠體內時，遇到了什麼怪事嗎？
這麼說來……像是要用自己的手腳當餌釣書……
或是猜錯益智遊戲所以要被吃掉……
這就是牠的手法。

不過，妳們眞的很幸運啊。那我就帶走這條魚啦。
原來是魚啊……
該怎麼和老爸說呢……
如何尋找第43頁的波里斯
首先，請前往附近的便利商店列印這一頁。
在這兩個位置畫橫線。
折起下面的線，貼合上面的線。
再將紙張倒轉過來，就能看到波里斯的臉……？
如果附近沒有影印機，也請不要剪下書頁或直接折書喔。

畫魚♣完

古書地獄之家

紙魚子的爸爸失蹤了。聽說是三天前的事。
古書
宇論堂
高價收購
就算是紙魚子，遭遇這種事還是讓人掛心。加上星期六不用上學，我就去了一趟「宇論堂」。
本日停業
本日停業
紙魚子，還好嗎？
嗯……我是找到了線索……
眞的嗎？什麼線索？
好像三天前有位叫木田的轉賣商來店裡說了些什麼……我正在找那位木田……
什麼是轉賣商……？
在舊書店到處找舊書或珍本轉賣的人，有時也會接下書店的委託尋找特定書籍。
老爸好像拜託了對方什麼事。我正準備去一趟他可能出現的地方……
我也一起去。

内書店
百円均
啊，找到了。木田先生！
喔？宇論堂書店的……
咦？妳爸失蹤了……？就在我離開後嗎？
該不會……他去了那個地方吧？
您知道嗎!?
哪裡!?
呃，不……我不敢肯定……
其實妳爸託我尋找「室井恭蘭全集」的缺書，但一直沒找到……
我聽說某戶人家有書，但我個人不想過去……
爲什麼？

難道是「地獄的古書……」。
沒錯。即使是宇論堂老闆，也不可能眞的去了吧……
我們決定前往木田告訴我們的那戶人家。
對方也是舊書店嗎？
好像不是喔。
聽說是家裡有許多藏書想賣，不時會找舊書店去收購。
但造訪過那裡的店家全都落荒而逃，連書都顧不得買。
是爲什麼呢？
就在這裡。

古書地獄之家

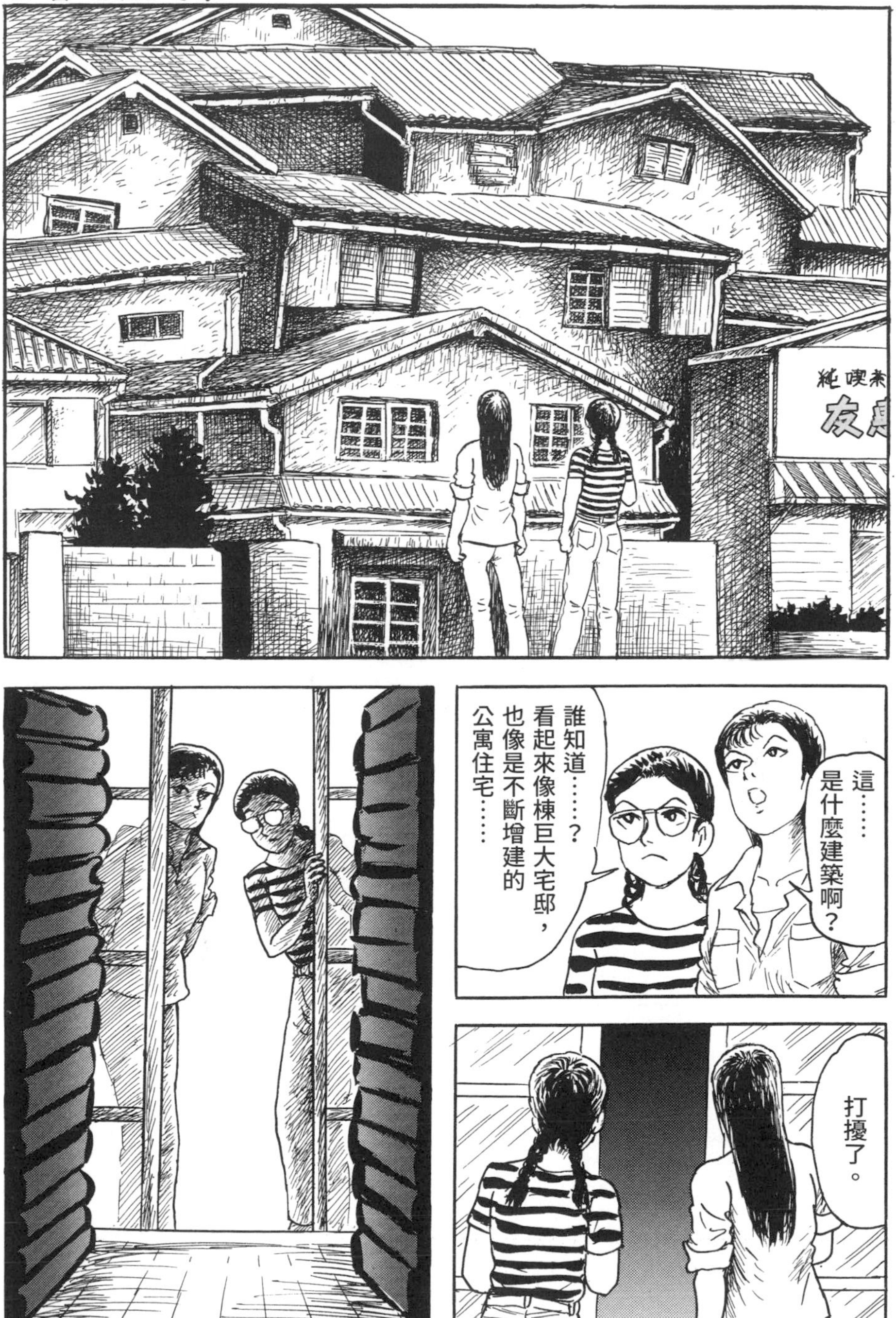
這……是什麼建築啊？
誰知道……？看起來像棟巨大宅邸，也像是不斷增建的公寓住宅……
打擾了。

什麼……？走廊一眼望去都是書櫃……
眞的不是舊書店嗎？
不可能吧……但藏書量好驚人。
書全都又髒又舊……還是文庫本、便宜小說和漫畫……盡是些會放在百圓特價區的書呢。
可以理解爲什麼店家會逃跑了。
裡面有房間耶。
請問……有人在家嗎？

怎麼回事!?連這裡都堆滿了書。
好像沒人在……
全都是個人藏書嗎？不是圖書館之類的嗎？
應該不是吧。但眞的很驚人。
既然對方打算要賣，對舊書店來說不是進了寶庫嗎？
也不能這麼說，我大致看了一下，全都是不能賣錢的骯髒舊書……
只能期待挖到寶，但是……
要從這裡面找書也很難啊……
不過妳爸來這裡了吧？
還不確定呢。木田先生只說有人在這裡看到「室井恭蘭全集」的缺書……

有人看到……？不是每個人都落荒而逃了嗎？
有些人是看過裡面的書後才逃走的。
大概是像「朋友的朋友看到過」這類毫無可信度的謠言吧……
啊！
怎、怎麼了？
我剛才都沒想到！我以前聽過這間屋子的傳聞，現在才突然想起來……
什麼傳聞？
聽說某個地方有棟被舊書埋沒的神祕屋子……某一天，某間舊書店接到一通電話……
對方說有舊書想處理，舊書店的大叔就立刻飛奔而去……
結果來到的屋子就像這裡一樣，滿是毫無價值的書籍，大叔就逃回家了。
聽說也有人進了那間屋子後就此下落不明……是在舊書店業界有名的傳聞。
就是這間屋子嗎？
我也沒想到竟然真的存在。

古書地獄之家

屋內好寬敞啊。而且越來越驚人了。
往右看是書，往左看也是書……根本是書的迷宮……
啊！有人在那裡！
難道是老爸!?
不對……不是我爸。
請問……您是屋主嗎？
不是喔，我來找書的。
找書？
我在找《魔王瑠死滅的一生》，聽說有人在這裡看到過。妳們有看見嗎？
沒有……

請問……您一直在這堆書山中找那本魔王什麼的書嗎？
沒錯，只要找到它，我就蒐齊山田沙丹的惡魔學全套系列了。
再請問一下……我在找我爸爸，您見過他嗎？
他長得像這樣，應該正在找「室井恭蘭全集」的缺書……
我沒看過，但我記得曾在二樓裡面看到「室井恭蘭全集」。
咦？眞的嗎？
去看看吧。
哇！太嚇人了！眞虧地板沒有崩塌。

他說那套什麼什麼全集在這裡……到底是在哪啊？
在這種地方不可能找得到的……
一個不小心，反而變成我們迷路。
話說剛才的傳聞……是不是有舊書店的店家進到屋裡後行蹤不明啊……？
……要不要先回頭？
紙、紙魚子……我們走過這條路嗎？
奇怪……走錯路了嗎？
糟糕！徹底迷路了……
不要說笑……

沒有窗戶嗎？
這裡是走廊？還是房間裡面？
怎麼辦……我們在舊書堆中遇難了。
既然如此……只能這麼做了……
做什麼？
爸爸！媽媽！對不起！全都是我的錯。是我迷路的關係……
啊！對面有人走過來了。
現在不是模仿《厄夜叢林》的時候啦！
咕嚕咕嚕
第十七集……第十七集……
不好意思……請問……
第十七集……
打擾了……
大叔！有聽見嗎？

什、什麼事啊？我忙著找第十七集，別煩我！
什麼第十七集？
「世界襪子大圖鑑」三十五冊全集的第十七集。妳們看見沒？
沒、沒有……我們想問路……
那就別來煩我！我可是花了十二年蒐集了前面十六集呢。第十七集……第十七集……
十、十二年……？
紙魚子……我們該不會眞的來到不妙的地方了？
啊！那裡好像有東西？

簡直是書的洞窟……他住在這裡嗎？
不好意思……請問您是屋主嗎？
不是的，只是這裡有我想要的書。妳們在找什麼嗎？
我們不是來找書的，是在尋人。
喔？這本書好像很有趣……
別、別亂碰啊！
要是隨便動那一區的書，洞窟會崩塌的！我們就會慘遭書本活埋啦！
妳們看，我想要的是這本書。但要是隨意抽出來的話，整座洞窟就會開始崩落。

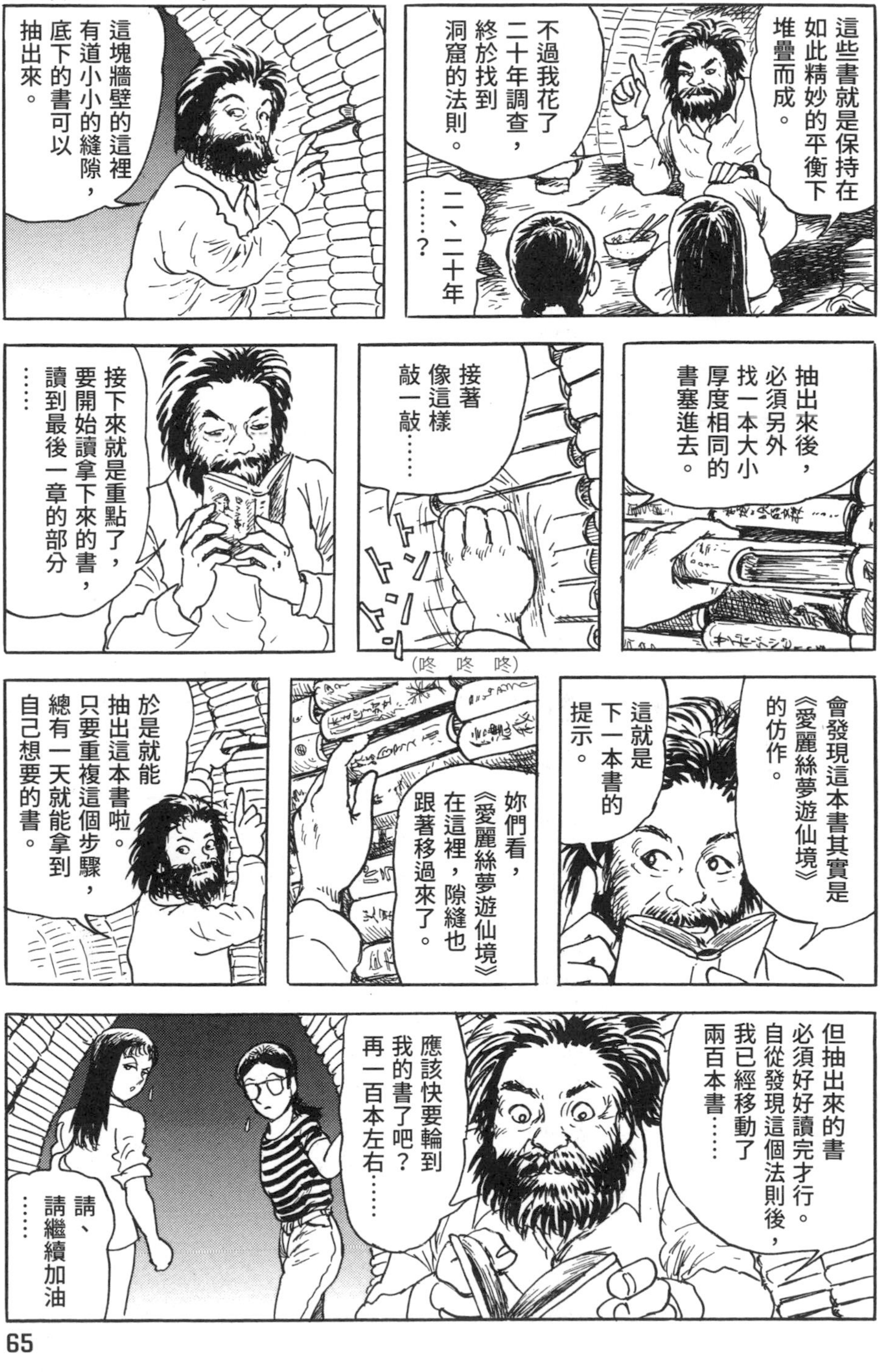
這些書就是保持在如此精妙的平衡下堆疊而成。
不過我花了二十年調查，終於找到洞窟的法則。
二、二十年……？
這塊牆壁的這裡有道小小的縫隙，底下的書可以抽出來。
抽出來後，必須另外找一本大小厚度相同的書塞進去。
接著像這樣敲一敲……
トントントン
(咚 咚 咚)
接下來就是重點了，要開始讀拿下來的書，讀到最後一章的部分……
會發現這本書其實是《愛麗絲夢遊仙境》的仿作。
這就是下一本書的提示。
妳們看，《愛麗絲夢遊仙境》在這裡，隙縫也跟著移過來了。
於是就能抽出這本書啦。只要重複這個步驟，總有一天就能拿到自己想要的書。
但抽出來的書必須好好讀完才行。自從發現這個法則後，我已經移動了兩百本書……
應該快要輪到我的書了吧？再一百本左右……
請、請繼續加油……

什麼狀況？
在這裡的好像都是對書走火入魔的怪人……
而且不只是書很多而已，似乎還有些巧妙的機關。
這屋子肯定有什麼謎團……
謎團？
我還不確定，總之要快點找到老爸……老爸一定也被這座古書地獄擄獲了……
妳是指像那些人一樣尋找書本嗎？不是像我們一樣迷路出不去？
妳不懂舊書收藏家的心理啊。
只要想到在海量的破爛書堆中有自己夢寐以求的書……
啊！這個！
怎、怎麼了!?
ドドドッ
哇啊！
（咚咚咚）
盧・昆多斯的《直立魚類》下冊！我在廢書中挖到寶了！
嘿！

怎麼了？隨便抽出書可會崩塌的喔。
沒空管那些了！上冊、上冊……必須找到上冊才行！
哎——新來的就是這樣……不用那麼急躁，妳在那裡是找不到的。
那會在哪裡!?
其他書堆的某處吧，總之不在附近。這裡的書都會像這樣刻意藏起來。
所以妳得抱著花費數年的覺悟，定下心探尋。
紙魚子，不要鬧了。再不快點離開這裡……
不行！沒找到上冊我不會走的！
紙魚子！妳冷靜下來啊！
沒錯，要冷靜下來慢慢找才行。
不是那個意思啦！

找到啦……我找到了！喂！妳來幫幫我！
我找到《魔王瑠死滅的一生》啦！
沒問題！畢竟我們都在一條船上嘛！
嘿——咻！
喂！不能硬拔啊！很危險的！
ズボッ

（啵）

(咚咚咚咚咚咚)
哇啊——！
我早就提醒過了！
書倒啦！
是大規模書崩！
紙魚子——！
栞——！
我在這裡——！
沒事嗎？
啊！

看到天空了，我們出得去啦！
喂——！
啊！老爸！
妳是來找我的嗎？我來這裡尋找「室井恭蘭全集」的缺書，結果出不去了。但我找到書啦！

太好了。我們快爬上這裡離開吧。
我還沒找到《直立魚類》的上冊……
妳說什麼傻話？妳會無法活著離開的喔！
栞說得沒錯，妳就放棄上冊吧。
ズル
ズルッ
(咻咻)
怎麼了!?
有、有東西在拉我！

你們這群傢伙——!
別想逃——!
那、那是……什麼啊!?
你們是什麼東西!?
這本書是我蒐集來的——
我看到便宜的書就會忍不住買下，結果家裡堆了數萬本書——
我也是！我最喜歡百圓特價區啦！只要看到就會整區包下來——
我因爲書增加太多，打算拿到舊書店賣，結果對方嫌太髒太舊不肯買下。但我又捨不得丟掉，就變成現在這樣……
我家因爲太多書而倒塌，我也跟著被壓死了——
我家的舊書也是堆得和山一樣高……
我也總想著有天會讀、有天會讀，結果囤積了數千本沒讀的書——

哇——舊書收藏家的怨靈!?
這屋子就是他們用怨念所建的！快點逃離這裡！
你們以爲逃得了嗎——？
舊書店老闆快買我的書——！！
這裡藏有你們渴求不已的書喔！快來找吧——！
嘻嘻嘻嘻——！
ズルズルズル
咻咻咻
紙、紙魚子，快丟掉妳手上的書！
老爸不是也把書抓得死緊嗎？
你們別鬧了！書都給我拿來！
啊——！

這之後
我沒什麼記憶了，
只記得我們三個人
拚命爬上舊書山，
總算逃出那座
舊書地獄。
雖然平安歸來，
但紙魚子和她爸爸
卻看起來相當沮喪。
至於那棟屋子，
我想可能還
佇立在原處吧。
或許至今也在吞噬
好奇心旺盛的
舊書店老闆或
舊書收藏家
也說不定……
純喫茶
友惠

在陌生小鎮

這裡……是哪裡？沒看過的小鎮……
我是怎麼來到這裡的？搭公車嗎？還是走來的？完全想不起來啊。

動作快！快點挖洞到對面！
你們在這裡挖洞沒關係嗎？
沒關係啦！不挖洞就到不了對面啊！
路上又沒有車，還有天橋可以走呢。
ガラガラガラ
(叩嘍叩嘍叩嘍)

有什麼過來了。看起來像是……馬車嗎……？
ガラガラガラ
(叩嘍叩嘍叩嘍叩嘍)
ガラガラガラ
(叩嘍叩嘍叩嘍叩嘍)
咦……是鬼虎小姐！
ブオオオー
(噗嚕嚕嚕——)
(咻 咻 咻 咻)
キュ キュ キュ キュ
KURONEKO

姊姊——！
啊！小章！對了！我是和小章一起來的。小章！你要去哪裡!?
別跑！那輛車！快和我道歉！
鬼虎小姐！等一下！讓我上車！
快追上那輛車！小章在車上！
沒問題。那妳要來參加我和段老師的婚禮喔。
婚禮？但段老師有太太了……
那種小事不重要啦。因爲我和老師之間有著這麼巨大的愛情證明啊！

愛情證明……？這顆蛋嗎？
沒錯。這是我和老師的愛情結晶喔！呵呵呵呵呵呵！
(叩嘍　叩嘍　叩嘍)
ガラ
ガラ
ガラ
追丟了……
這是什麼地方？看起來像市集……
哇！好大的蛋啊！請問多少錢？

咦？這不是鴻鳥友子同學嗎？
喔？是鬼虎小姐的蛋嗎？眞是太剛好了，就來做歐姆蛋吧。
說什麼傻話！妳想吃了我和老師的愛情結晶嗎!?
ピーピーピー
（嗶——嗶——嗶——）
哇！糟了！
ピピ
（嗶——嗶——）
滾開！你這傢伙在做什麼！
鬼虎小姐！妳的蛋……！
啊！小偷！
站住——！別跑——！
啊！等等……

咦？這不是栞嗎？
啊！段老師，您怎麼在這裡……
我在找鬼虎小姐，妳有看到她嗎？
我剛才有遇到她喔，她帶著一顆很大的蛋。
喔？眞的嗎？她去哪裡了？如果不把蛋拿回來就麻煩了。
她往對面的廣場走了……她說那顆蛋是和老師的愛情結晶，眞的嗎？
妳、妳別亂說話！怎麼可能啊！
總、總之要快點拿回蛋……
啊！老師！

不好意思，您有看到我弟弟嗎？
沒有耶。
我不知道。
他叫做小章，是小學三年級的男孩子……有人看到他嗎？
沒看到。
妳在找人嗎？可以去問問十二樓的占卜師喔，聽說她很靈驗。
占卜師？

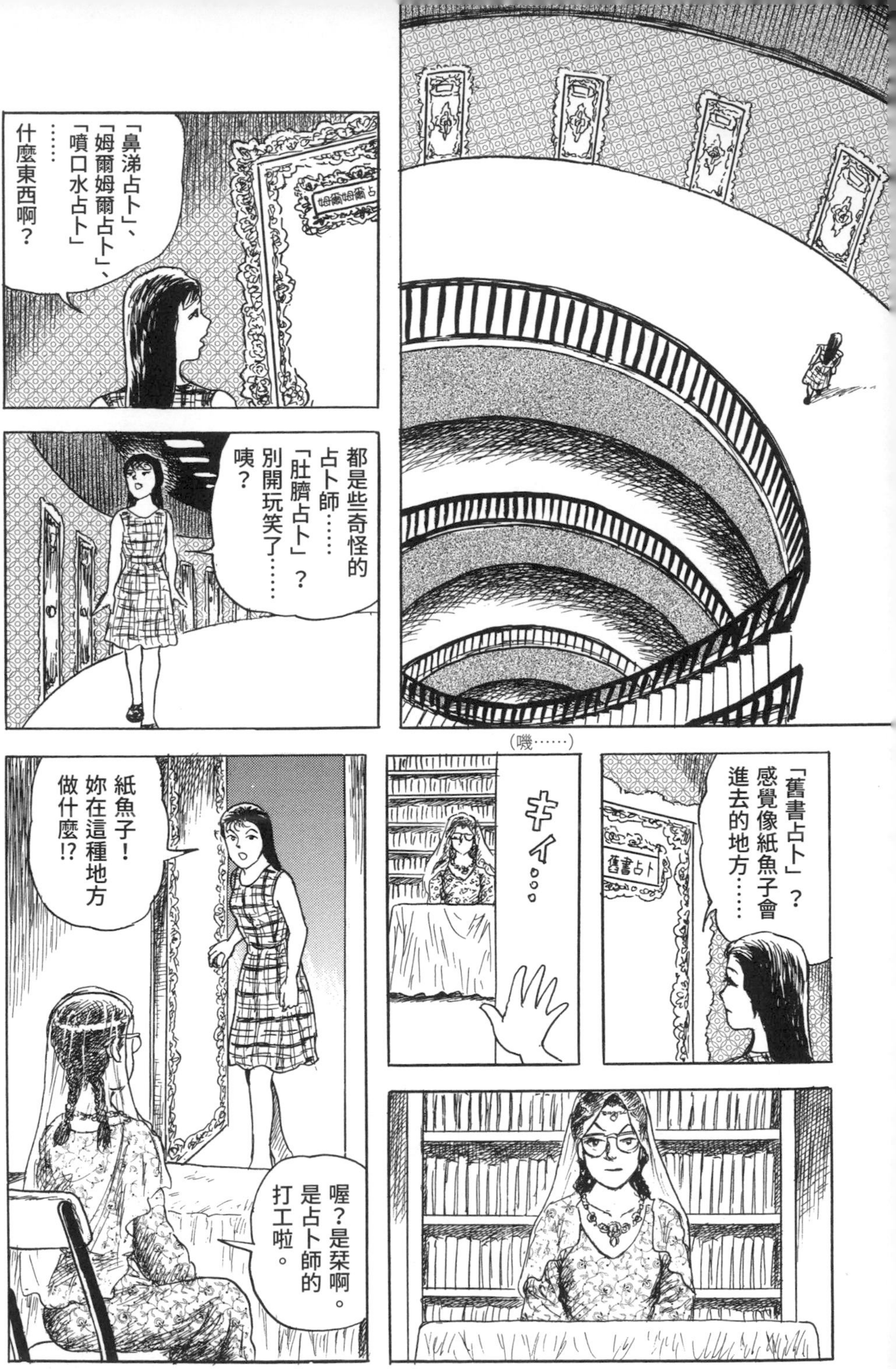
姆爾姆爾占卜
「鼻涕占卜」、「姆爾姆爾占卜」、「噴口水占卜」……什麼東西啊？
都是些奇怪的占卜師……「肚臍占卜」？別開玩笑了……咦？
舊書占卜
「舊書占卜」？感覺像紙魚子會進去的地方……
キイ。。。
(嘰……)
紙魚子！妳在這種地方做什麼!?
喔？是栞啊。是占卜師的打工啦。

原來妳會占卜嗎？
這種事誰都辦得到喔。
我記不得了。妳想問什麼事？
我……是和妳一起來的嗎？
我想問我弟弟小章，我們走散了。
沒問題。馬上給妳答案。
開始嘍。
バラ
バラッ
（嘩啦 嘩啦）
嘿！
バサ
バサ
バサ
（唰唰唰）
就是它了！這本書會向妳揭示占卜的結果。
占卜方式這麼隨便嗎？
占卜不都是這樣嗎？

《怪貓俠》？又是奇怪的書……
怪貓俠
啊，但說不定說中了喔……
因爲帶走小章的是個戴貓咪面具的黑披風怪人。
沒錯吧？接著來找小章人在哪裡吧！阿布拉卡達布拉！
バサッ
刷
〈第三章 伯爵家的晚宴〉？
這麼說來，我聽說今天在頂樓有市長主辦的晚宴。去那邊說不定能發現什麼線索喔。
我沒有收到邀請耶，沒關係嗎？
放心放心，不會有人發現的。

ザワ
ザワ
（嘰喳　嘰喳）
ガヤ
ガヤ
（嘰喳　嘰喳）
啊，段老師也在。
也有其他熟識的面孔。
爲您端上前菜。
什、什麼？這不是姆爾姆爾嗎？
爲您端上湯品。
呃……我記得要從自己面前往外舀湯……
ササササ
（唰唰唰）
ササ
（唰唰）

嘿！
為您端上「悔在心肝」。
不是翡翠豬肝嗎？
不是喔，是「悔在心肝」。
啊啊……要是當初這樣那樣的話……
如果那時沒虛度光陰，用功讀書的話……
早知道就不和現在的妻子結婚，跟她在一起了……
要是在截稿日前更努力一點就好了……
這種東西誰吃得下啊？
抱歉打擾各位用餐，接下來是市長致詞時間。
各位晚安——請邊享用餐點邊聆聽。

喔？市長是女生耶。
好像在哪裡看過這張臉……
和紙魚子有點像……？咦……？
本次餐會想與各位討論一件相當緊急的議題……
就是那個詭計多端、膽大包天的怪貓俠。
那不是紙魚子嗎？怎麼看都是啊。對吧，紙魚……
怎、怎麼回事!?
怪貓俠潛入這場晚宴肯定有什麼企圖……
現在爲各位嘉賓端上主菜。
啊！是那顆蛋!?怎麼變得更大了……？
哇！好大的蛋啊！
雖然很大，可是夠這麼多客人吃嗎？

ムクムクムク
（膨脹　膨脹　膨脹）
別擔心，它會越來越大喔。
哇！眞的耶！
快變大吧！快變大吧！
不、不行啊！不能讓它變大！
わははははは
（哇哈哈哈哈哈）
那顆蛋老子就收下啦！
哇啊！怪貓俠果然現身了！
姊姊！救我——！
啊！小章！

那顆蛋是大家要吃的！別想一個人獨佔！
（磅——）
沒錯！那是我和段老師的愛情結晶！快還來！
別、別鬧了！那顆蛋不能吃啊！

老師！我們來輪流孵蛋、生出兩人的小寶寶吧！
別說傻話了！不是妳想的那樣！
沒錯！老子要把它做成歐姆蛋獨自吃光光！
才不會讓你得逞！
哇哈哈哈哈哈哈哈！
抓到了！

把小章還給我！
啊……紙、紙魚子!?
哇！蛋變得好大啊！
別想一個人獨吞！現在就讓大家享用吧！
不准亂摸我們的愛情結晶！
ガン
ガン
（鏘鏘）
住……住手啊！快停下……！
ピシ……
（嗶哩……）
哇啊!!
蛋、蛋破了！

呀啊！
這是什麼!?
我、我早就說了嘛！
(噹啷——)
(咚——)
ドオオオン

(噗通)

紙魚子——！
妳要去哪——？
到底是什麼狀況？
小章——！
段老師——！
回到一開始的地方了……

姊姊！
小章！你怎麼在這裡？你沒事嗎？
沒事喔。姊姊，洞好像挖通了，我們從這裡走吧。
咦？

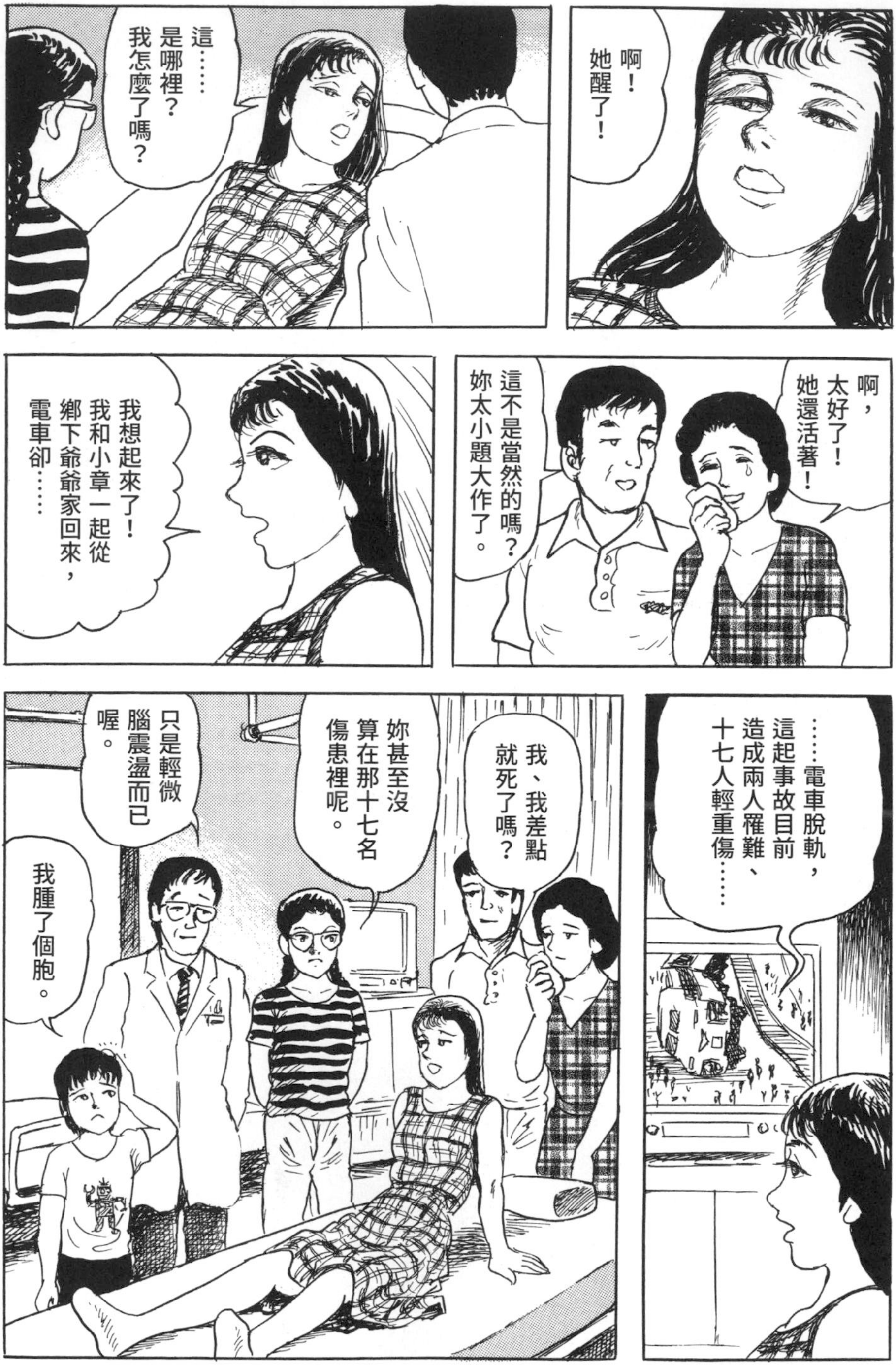
啊！她醒了！
這……是哪裡？我怎麼了嗎？
啊，太好了！她還活著！
這不是當然的嗎？妳太小題大作了。
我想起來了！我和小章一起從鄉下爺爺家回來，電車卻……
……電車脫軌，這起事故目前造成兩人罹難、十七人輕重傷……
我、我差點就死了嗎？
妳甚至沒算在那十七名傷患裡呢。
只是輕微腦震盪而已喔。
我腫了個胞。

臉・其他

臉（一）

前陣子颱風來襲時，不是下了一場破紀錄的豪雨嗎？當時我父親聽聞股川上水可能會潰堤，便跑到河邊檢視狀況。

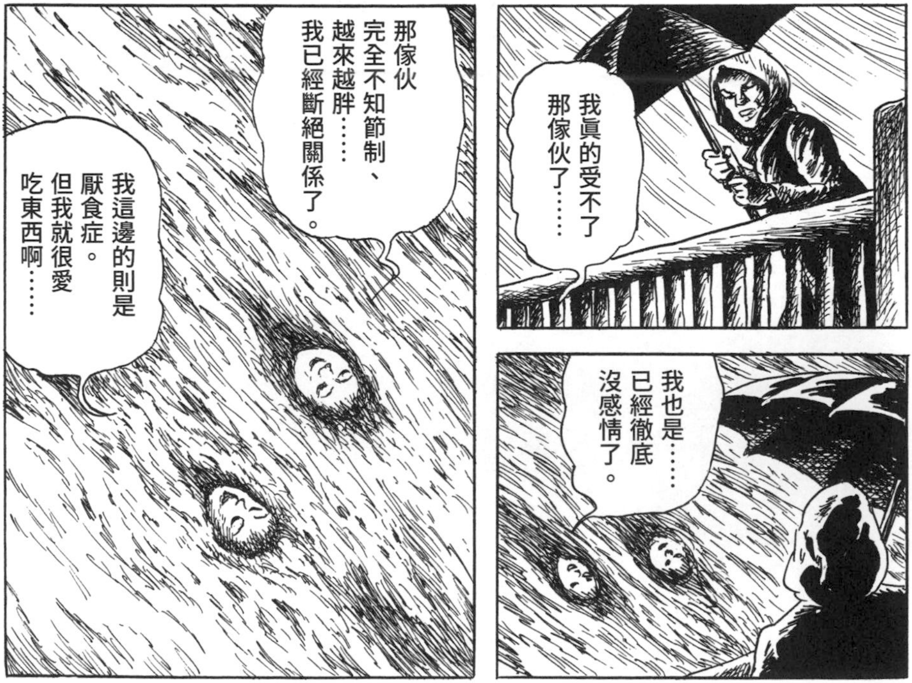
我眞的受不了那傢伙了……
我也是……已經徹底沒感情了。
那傢伙完全不知節制、越來越胖……我已經斷絕關係了。
我這邊的則是厭食症。但我就很愛吃東西啊……

糟、糟糕了！
父親以為是有人被水流沖走遇難。
他剛好對游泳很有自信，於是立刻跳進河裡……結果……
喂！振作點……！
那兩個女生明明沒有身體，卻沒事般地談笑風生、順著水流而去，父親不禁感到一陣恐懼，逃了回來……
アハハハ
ケラケラ
(啊哈哈哈)
(喔呵呵呵)

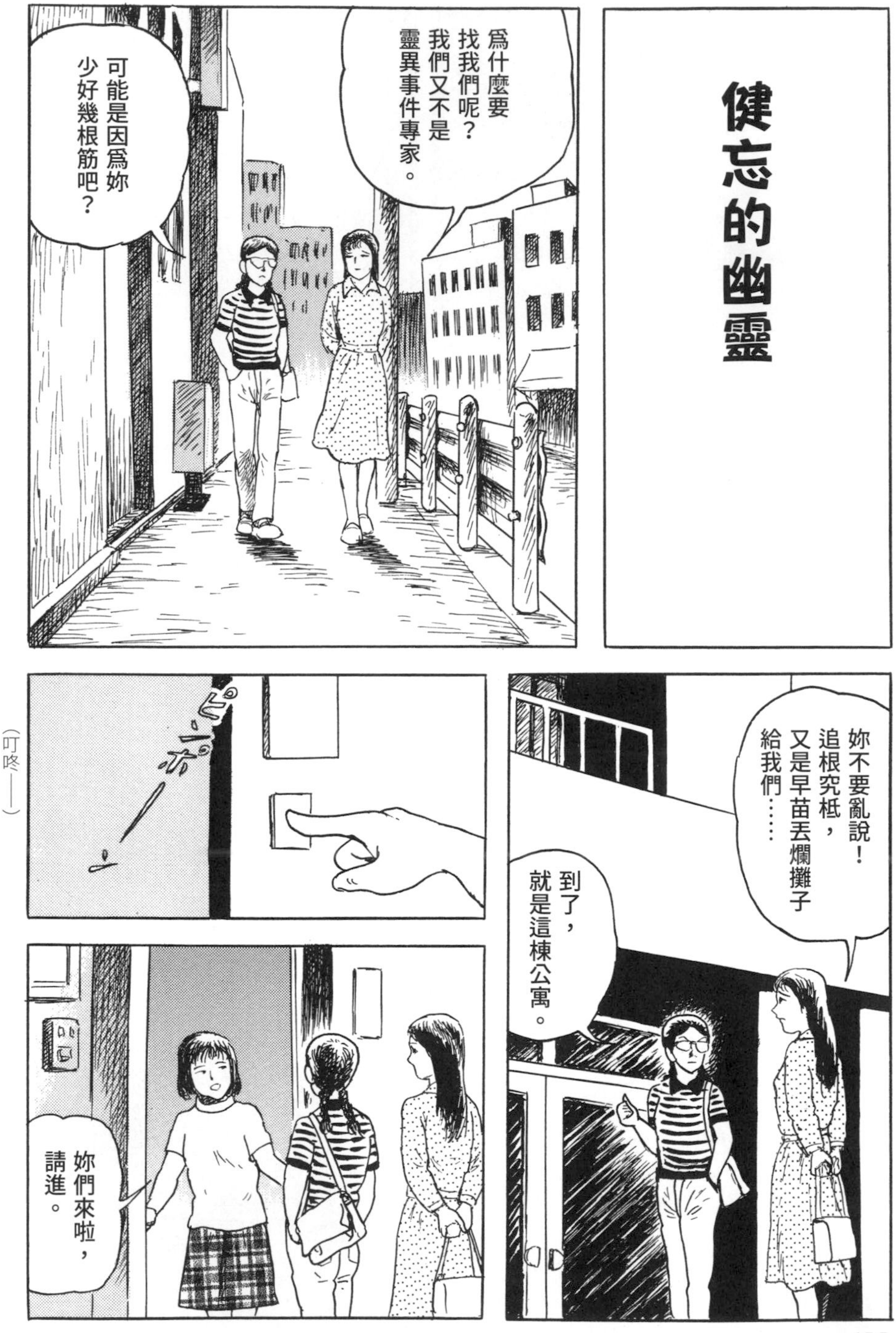

健忘的幽靈
為什麼要找我們呢？我們又不是靈異事件專家。
可能是因為妳少好幾根筋吧？
妳不要亂說！追根究柢，又是早苗丟爛攤子給我們……
到了，就是這棟公寓。
ピンポーン
(叮咚——)
妳們來啦，請進。

眞不好意思，突然拜託妳們幫忙……但我不知道該和誰商量幽靈的事情……
不用在意，反正我就是少幾根筋……
這是我爸媽。
爸、媽她們是栞和紙魚子，是我在學校的朋友。
您們好。
喔？歡迎妳們。
美樹難得邀朋友來家裡玩呢。妳們別拘束，就當自己家吧。
是啊。歡迎妳們來，請坐、請坐。

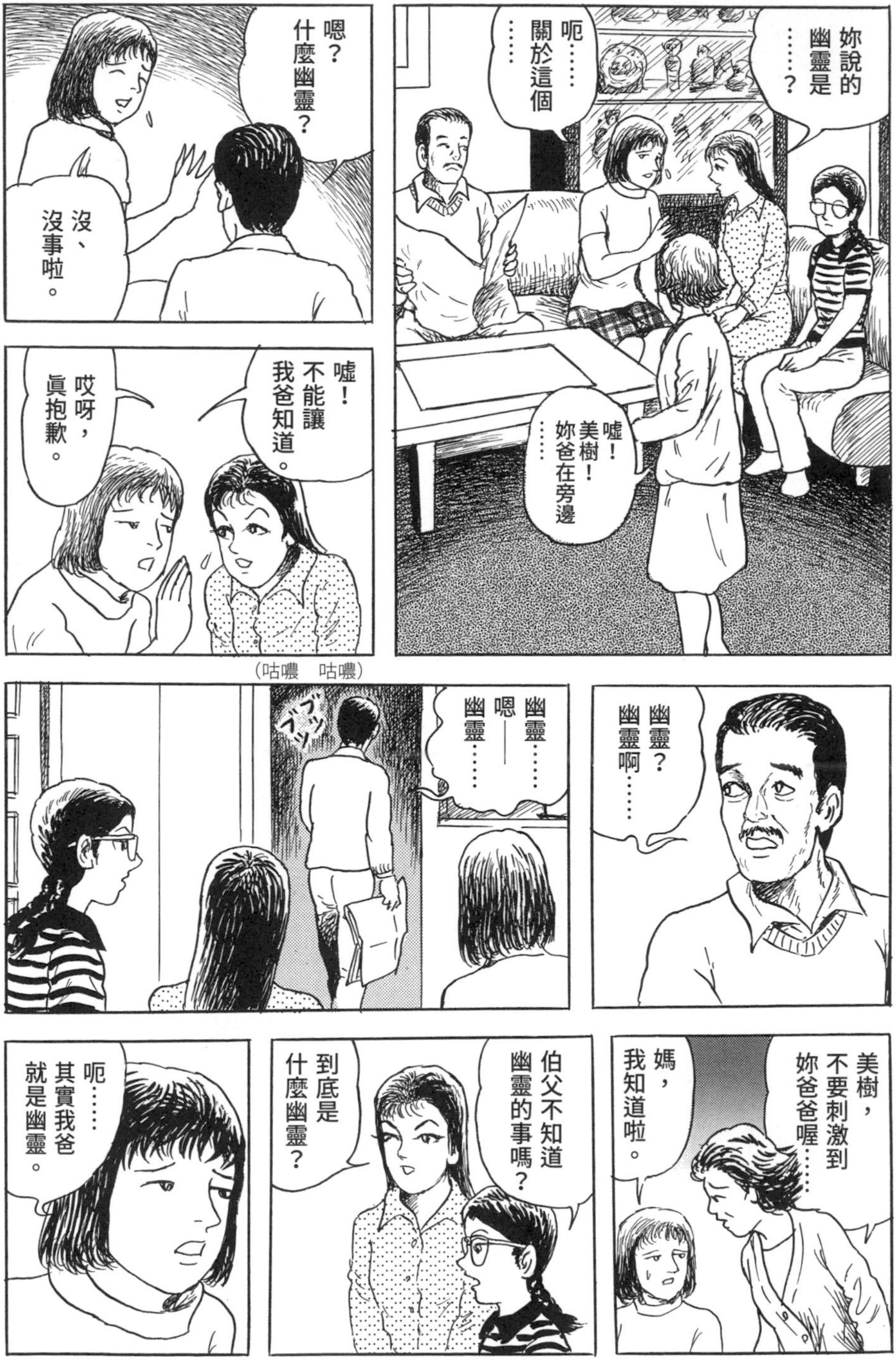

妳說的幽靈是……？
呃……關於這個……
嗯？什麼幽靈？
沒、沒事啦。
噓！美樹！妳爸在旁邊……
噓！不能讓我爸知道。
哎呀，眞抱歉。
（咕噥　咕噥）
幽靈？幽靈啊……
幽靈……嗯——幽靈……
ブツブツ
美樹，不要刺激到妳爸爸喔……
媽，我知道啦。
伯父不知道幽靈的事嗎？
到底是什麼幽靈？
呃……其實我爸就是幽靈。

啥……？
我爸在十天前過世，卻在死後三天若無其事地回來了……
回來了？
沒錯，彷彿只是出門散步一樣，很自然地回到家裡，就這樣過著和以前沒兩樣的生活。
他好像沒發現自己已經死了。
這樣啊……完全看不出來……
那不就沒什麼好煩惱的嗎？放著不管也沒關係……
不可以啦。
爲什麼？
(啪)
對啦！我已經死了！孩子的媽！美樹！我想起來了！

我來接妳們了！來吧！一起去那個世界吧！那個美好的世界！
呀啊——！
老公！冷靜點！
ガッ
（抓住）
來吧！美樹！一點都不恐怖喔！和爸爸一起……
我、我不是美樹啦！
咦？真的耶。妳是哪位？
我叫栞，是美樹的朋友。剛才不是介紹過了嗎？
對了，我本來是在廚房泡咖啡的吧……
啊哈哈，怎麼會這樣呢……
啊，沒錯沒錯。栞同學，真是抱歉啊。
咦？我拿著這種東西在做什麼？

什麼情況？
他不是沒發現，是忘記自己死掉了。
我爸從以前就很健忘……
但只要他突然想起來，就會像剛才一樣打算把我們都帶走。
咖啡泡好嘍。兩位同學應該是喝紅茶吧？
嗯……對……
爸爸可能是過世時失憶了。因爲撞到頭……
過世的人也會失憶嗎？
請問……伯父今天不用工作嗎？

不、不行啦！不能提到工作！
咦？爲什麼？
爸爸今年春天被裁員，因此自殺的。
哇！對不起！
工作……工作……對了，我是自殺後……
孩子的媽！美樹！那個世界很美好喔！一起去吧！
呀啊——！
就是這樣。他忘記自己死掉的時候倒是還好，但有時一回過神來，就會想殺掉我們。
回過神來？
也是啦，徹底想起來才是最好的辦法。爲了伯父，也爲了妳們……
啊啊，但要是他忘記的話，就能像以前一樣快快樂樂生活了啊。只要他一直不想起來的話……
媽媽，不行的啦。

沒錯，一定要喚醒記憶。
但這樣一來，爸爸就會把我們……
美樹同學，其實啊……
妳們兩個也已經死了喔。
找到妳們了!!
咦？
伯父拿斧頭砍死妳們後，從這棟公寓頂樓跳下自殺。可是啊，美樹同學忘記自己死了，還繼續來學校，不是嗎？
因此我們才特地跑這一趟聯絡妳。誰叫班長早苗發燒了，臥病在床……
哎呀！

對耶！我想起來了！
沒錯，我也忘了。差點就要殺兩次了。
對對，我也忘得一乾二淨……
爸媽眞不愧是夫妻，個性一模一樣呢。
妳說什麼啊？美樹才是呢！和妳爸爸一樣健忘……
不過這樣一來，我們就能一起前往那個世界了。我之前去過一次，眞的是個好地方，才回來帶妳們一起去的。
眞的那麼好嗎？我也想帶朋友去呢。
是啊！栞同學、紙魚子同學，妳們也要一起來嗎？
我、我們心領了——！
所以我才不想來嘛！

臉（二）
也是同個颱風天發生的事。
當時連下水道都淹水，馬路上一時間變得像河川一樣，對吧？
B班的S子在大雨中放學回家時，看見一個女生趴在水裡，好像在找什麼東西。
整張臉都浸在水中……

沒有……找不到……
找不到……我的……
S子心想對方可能掉了隱形眼鏡，出聲搭話……
請問……妳掉了什麼嗎？
妳……
有看到我的臉嗎？
ザバッ
唰
呀啊——！
這故事我知道。我聽說的版本，尋找臉的是個骨瘦如材的女生……

白看書的幽靈
白看書？
對啊，最近店裡出現了麻煩的客人……
高價收購
雖說是白看書，反正你們店也沒幾本漫畫，就睜一隻眼、閉一隻眼……
對方可不是簡單的角色喔。
啊，他來了。妳看，在那裡……

哇！眞的耶！我還以爲沒其他客人，什麼時候進來的啊？
他每次都像這樣突然出現。
每次？這麼常來嗎？
最近每天都來喔。
但他好歹也是客人吧？每天光臨的話不就是常客嗎？
他絕對不會買書的，根本算不上是客人……
妳怎麼敢肯定他絕對不會買書？
因爲他沒錢繳（註）啊，而且他可不是隨便白看書喔。
他會站在那裡好幾個小時，翻完整本書……有時甚至會讀個兩三本……
他腳不會瘦嗎？
我剛才不是說了嗎？妳看他的腳。
腳？
經妳這麼一說，下半身有點模糊耶……咦？

（註）原文「おアシがない」爲雙關，字面上的意思是「沒有腳」，引申意是「沒有錢」。

紙、紙魚子……可以透過他的腳看見對面的東西耶……？
我就說他沒前腳了啊。他不是活人啦。
畢竟沒有腳，站好幾個小時也不會累。
所以他是……幽、幽靈？
就是這麼回事。他就是這陣子在舊書店之間謠傳的白看書幽靈。
白看書幽靈？
出現在舊書店、盡情白看書的幽靈，還是光明正大地白看。
這傢伙終於也出現在我們店了。
有找人來驅邪嗎？
之前出現在川內書店時好像曾試過，但沒有效果。
那該怎麼辦？放著不管，等他自行消失嗎？
那怎麼行？放任那種東西待在店裡的話，整間店都變得死氣沉沉，沒其他客人敢來了。
妳要趕他走嗎？怎麼做？
對付白看書的傳統武器就是雞毛撢子！

妳要用雞毛撢子掃幽靈!?
管他是不是幽靈，白看書就是白看書！
（啪啪）
パタパタ
妳、妳加油……
（啪啪啪啪啪啪）
パタパタ
パタパタ
（啪啪）
パタパタ
（唰唰）
スカッ
スカッ
哼！可惡！
パタ
スカッ
（啪 唰）
眞是有毅力的幽靈！

好吧，既然這樣……
怎麼樣？讀不下去了吧？
(咻)
ふっ
好耶！消失了！
紙魚子！紙魚子！
咦……？
啊！什麼時候跑去那裡的！

ふっ…
(呼)
啊！換成那邊了！
ドドドドドド
(噠噠 噠噠噠噠)
混帳——！
ふっ
(咻)
可惡！可惡！
ふっ
太過分了！只是個白看書的，居然這麼難纏！
對方更勝一籌喔。妳還是放棄吧？
(咻)
我才不會認輸！賭上我們舊書店的尊嚴，一定要趕走他！

聽說宇論堂最近也鬧鬼了？那個白看書幽靈。
店裡莫名變得陰森起來，大家都跑了。
那還眞是困擾。據說有店家被纏了整整一個月，最後因此關店了呢。
是啊。他今天也白看了三個小時的書，那三個小時幾乎沒有其他客人。
沒有趕跑他的方法嗎？
只能等他去別間店了吧？
該不會這傢伙讀完我們店的書才肯走吧？那是何年何月啊……
應該不至於？他好像只看某種類型的書……
咦？眞的嗎!?
似乎主要是懸疑推理喔。可能生前是推理小說迷吧。
推理小說……喔……

怎麼樣？幽靈還繼續出現嗎？
沒錯。但我今天一定要趕走他！
妳有好方法嗎？
有喔。啊！出現了！
那本書的凶手是媽媽。
我好……恨……啊——

ふっ……
（咻……）
バサ
（沙）
太好啦！我戰勝幽靈了！
妳眞的個性很差耶。
吵死了——！我是在做生意！
從此之後，白看書幽靈再也沒出現在宇論堂。
臉（三）
妳知道最近新出現的人面貓和人面犬嗎？M惠從補習班回家時在巷子裡看到了喔。

喂喂，妳的新身體如何？
哎呀，好久不見。雖然新身體纖瘦，但又髒跳蚤又多……
我倒很滿意喔。不但食量大，還很溫暖……
聽說是長著人面瘡的瘦弱野狗和大胖貓喔。

臉•其他♣完

蠹魚之二

栞！妳看這本書！
直立魚類
上
坂名鱗 譯
盧・昆多斯
什麼？奇怪的魚圖畫……咦？《直立魚類》？
沒錯！我終於找到了！很厲害吧？是《直立魚類》的上冊喔！
可惡……當時把下冊拿到手就好了……眞是太可惜了！
妳怎麼有這本書？難道又去了古書地獄之家？
才不是呢。我是碰巧在別的地方找到的。
上星期老爸在舊書會館拍賣會上競標到的書裡面，恰巧混進了這本書。
所以用很低廉的價格得手了。偶爾就會有這麼幸運的事！
喔？恭喜妳啊。不過這是什麼樣的書啊？

魚類學界一般認為，直立魚類的祖先為龜殼攀鱸或彈塗魚的近親。
然而，另一有力見解認為直立魚類源自棘角魚的近緣種，其發達的胸鰭經演化後擁有類似雙手的功能。

直立魚類最早的相關記述出現於一七七一年的庫克船長日記。日記中寫道，他在鄰近大溪地島的無人小島上目擊到一種大溪地島民稱為「泰克泰克」的步行魚類。日記保留了詳細的手繪圖像，但由於該類魚種的肉質相當美味，在歐洲探險家數度乘船探訪後，不幸面臨絕種。

直立魚類之中也有不少魚種並未登陸上岸，牠們在水中直立而行，並逐漸學會使用工具。
左圖即為立泳棘角魚邊渡河邊狙擊樹枝上的猿猴。

步魚是類人魚科之中體型特別巨大的品種，學名為 Vilano Arukimendesu。
尾鰭演化成利於步行的型態，並以發達的胸鰭靈活使用木製及石製工具。步魚棲息於亞馬遜深處，當地人稱之為「阿魯卡」，生態仍籠罩於謎團之中。

哇！好驚人啊！竟然真的有這種魚存在！
一般人不會這麼輕易就相信的。
這和《鼻行類》、《平行植物》這類書的道理一樣。
故作認真地解說虛構動物的生態，很有趣吧？
平行植物
雷歐・雷奧尼
什麼嘛——！
有趣是有趣，但我還是看普通的小說就好。
喔？《虹色的追蹤》？是《虹色的逃亡》續集嗎？借我看一下。
怎麼回事？這本書到處都是印刷缺字。
咦？
啊——！又來了！
怎麼了？裝訂錯誤？印刷瑕疵？
好像不是呢。之前都沒發生這種事，但最近很奇怪……
不知道爲什麼，放上書架時明明很正常的喔。但不知不覺就像這樣，書上的字一個個消失。
什麼狀況啊？簡直是懸疑案件！

蠹魚之二

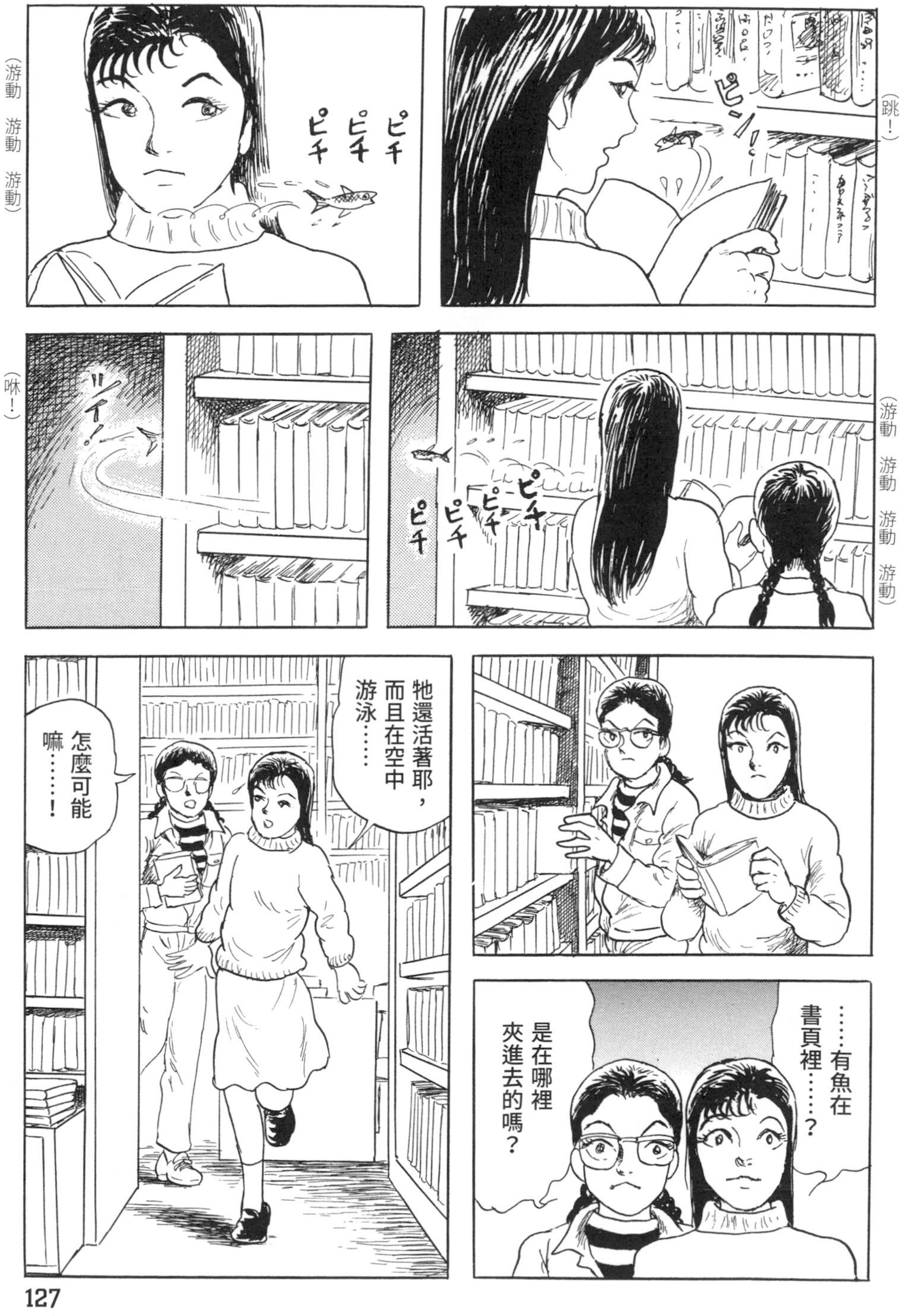

ピン!
（跳!）
ピチ ピチ ピチ
（游動 游動 游動）
ピチ ピチ ピチ ピチ
（游動 游動 游動 游動）
ツイ!
（咻!）
……有魚在書頁裡……?
是在哪裡夾進去的嗎?
牠還活著耶，而且在空中游泳……
怎麼可能嘛……!

是錯覺啦。
是嗎？
或許是之前的書主邊吃小魚乾邊看書吧？
那才不是小魚乾呢。
這麼說來，這一區不少大海、魚類相關的書耶。
這些就是我爸競標到的書……《直立魚類》也在裡面。
原本的書主喜歡大海嗎？
也可能是從海洋相關的研究所挖出來的吧。
這本書好厲害啊。書名是《圖解・奇妙海洋生物》，好像很有趣。
這是第五冊，總共有七本。沒蒐集全套就賣不出去。
應該不會像上次的蠹魚一樣，把我們吞進去吧？
不會吧……書也沒這麼大啊。
ザワ…
（嘩……）

蠹魚之二

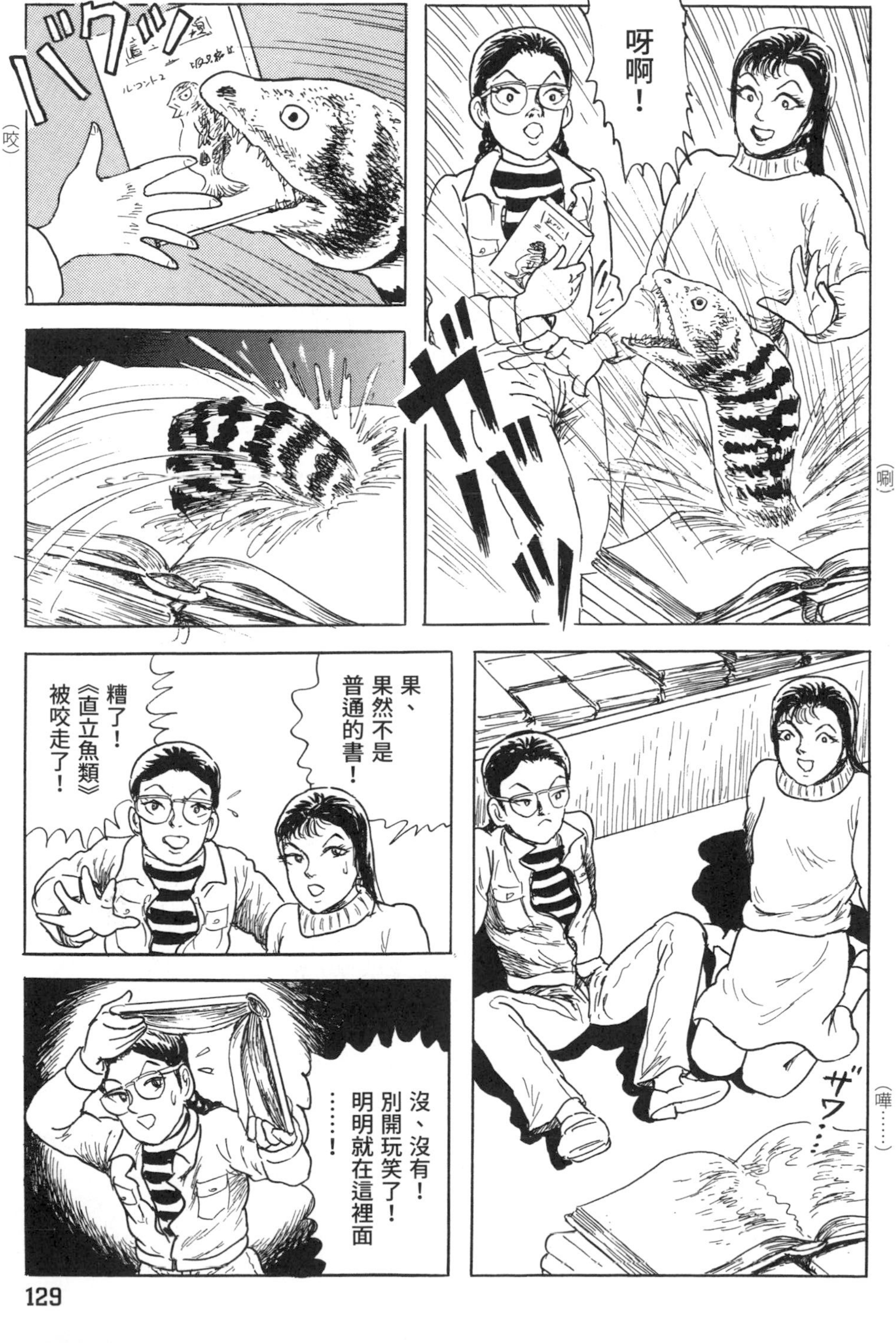

（咬）
呀啊！
（唰）
果、果然不是普通的書！
糟了！《直立魚類》被咬走了！
沒、沒有！別開玩笑了！明明就在這裡面……！
ザワ……
（嘩……）

還是我搞錯書了？這本嗎？還是這本書？我的《直立魚類》……
紙魚子，冷靜一點……
要怎麼冷靜？我珍貴的……
咦？什麼……？
看起來是小魚群……？
我們家開的不是魚店或水族館啊？
ザバッ
(唰)
バクッ
(吞)

蠹魚之二

ピュッ
(咻)
果、果然不對勁！這裡的書都怪怪的!?
總之先把書收拾好！
プルルル
(叮鈴鈴鈴)
喂，這裡是宇論堂。
您好，這裡是「半魚堂」，初次致電打擾。
半魚堂嗎？現在父親剛好不在店裡……請問有什麼事嗎？
啊——這樣嗎？唔……該怎麼說呢……？
其實啊，上星期的舊書拍賣會上，敝店原本要購買的書聽說由貴店得標了……
那天我搞錯了開市時間，哈哈哈，我眞是粗心啊……

雖然是貴店特地競標得來的書，但希望能讓給敝店。
咦!?這、這怎麼行？我們已經得標了……
《直立魚類》……不對、那些書已經是我們店的了！
請別這麼說啊，在貴店的那些書，若不是專門店家是無法處理的……
我不會害你們的。要是不妥善處理，其他書可能跟著遭殃喔……
遭殃……？
啊！難道說最近這些狀況……!?
已經發生了嗎？
不只是發生而已！那本書到底是什麼？
如果方便的話，要不要來敝店一趟呢？我再仔細說明……
到了，是這裡吧？
咖啡店
小哈

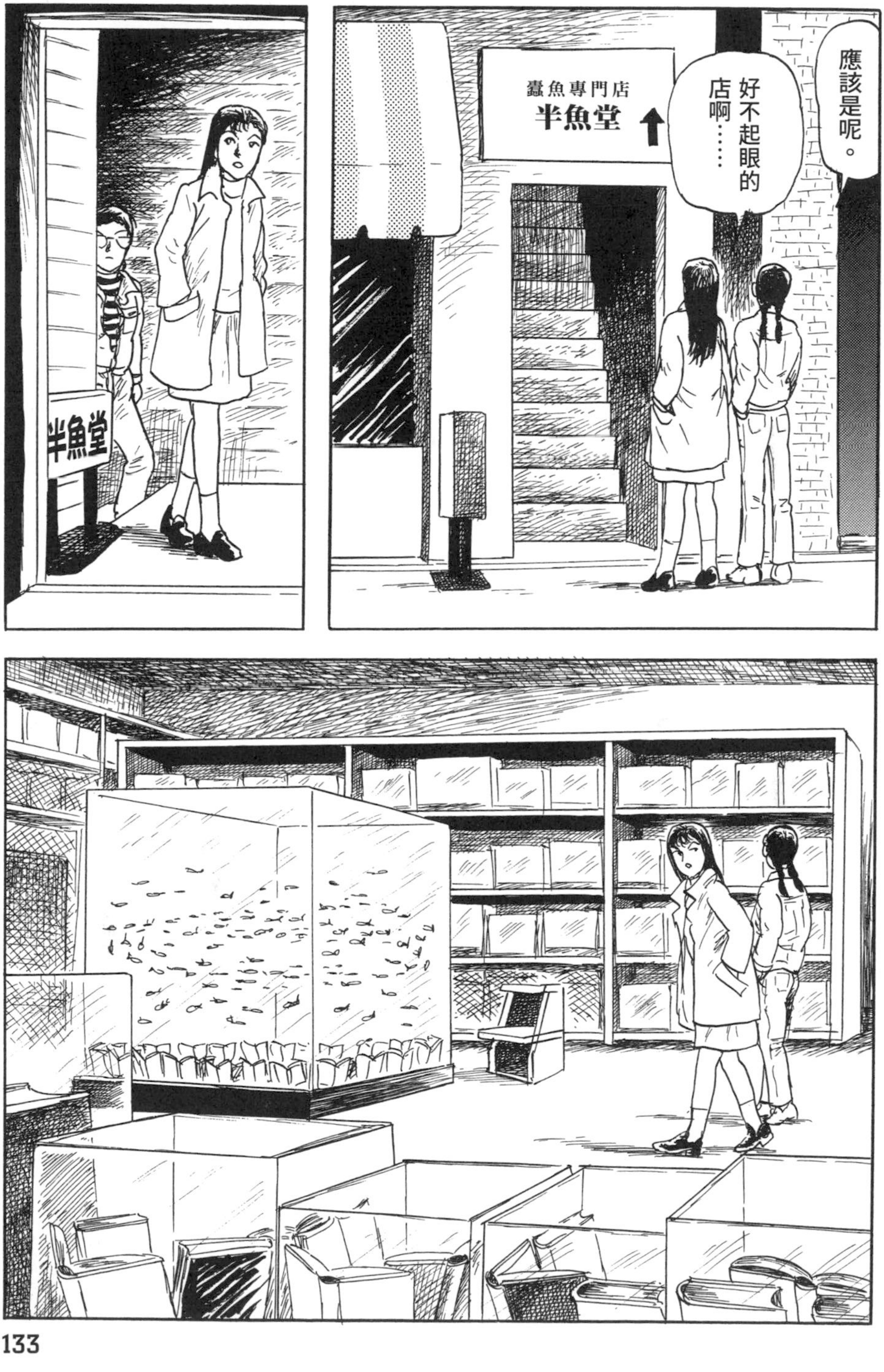
半魚堂
蠹魚專門店
半魚堂
應該是呢。
好不起眼的店啊……

紙魚子，是不是搞錯了？這裡不是書店，是水族館啊。
等等，妳看，水族箱裡裝的都是書。看來是書店沒錯……
這裡嗎……？
歡迎光臨，我是老闆。
您、您好……剛才接到您的來電……
是宇論堂吧？歡迎妳們來。直接切入正題吧，發生什麼事了嗎？
有魚從書裡跑出來，一口吞掉我非常珍貴的書。
是叫做《直立魚類》的珍本……
喔？《直立魚類》啊。那也是敝店本來要買下的書。
並、並不是喔。那本來就是我的書……呃……是在古書地獄之家得到的。
真的嗎？
總之發生了不少怪事，像是魚在店裡游來游去之類的……

蠹魚之二

那是Word Eater，俗稱食字魚的小魚群。是蠹魚中最常見的品種。
蠹魚？該不會是……
啊——！
紙魚子！妳看！之前把我們吞下去的……
眞的耶！我們差點就被牠消化了！
牠叫夢裡吞人魚，是和敝店有所往來的漁夫拿來的。聽說是在胃之頭町捕獲的。
原來那位漁夫批來了這間店啊！
他當時說是蠹魚，其實是夢裡……什麼魚嗎？
是夢裡吞人魚，蠹魚是住在這間店的魚類統稱。
住在書店的魚？有這麼多魚嗎？
還不少喔。最多的是剛才提到的食字魚。

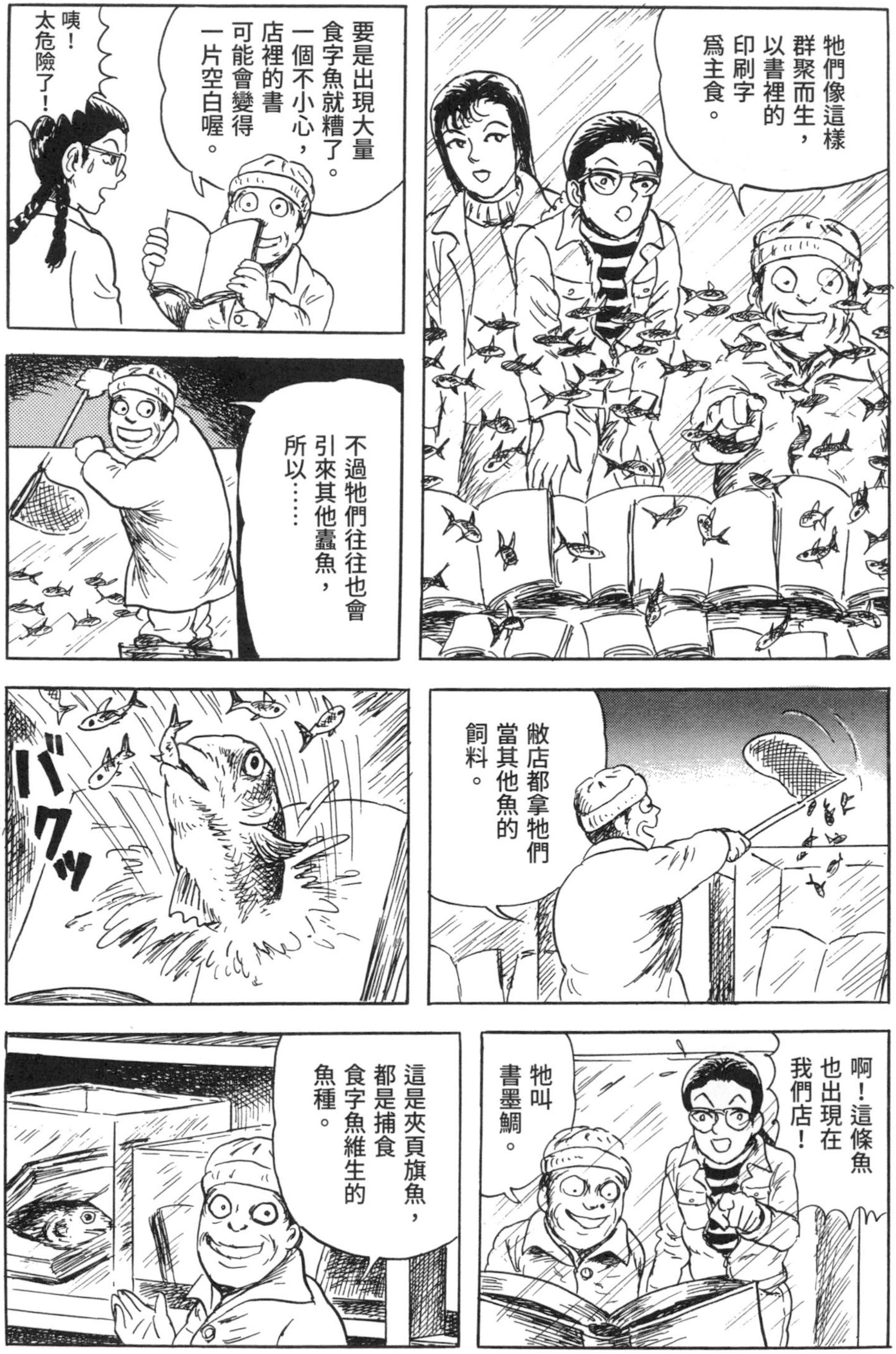
牠們像這樣群聚而生，以書裡的印刷字爲主食。
要是出現大量食字魚就糟了。一個不小心，店裡的書可能會變得一片空白喔。
咦！太危險了！
不過牠們往往也會引來其他蠹魚，所以……
敝店都拿牠們當其他魚的飼料。
バクッ
(吞)
啊！這條魚也出現在我們店！
牠叫書墨鯛。
這是夾頁旗魚，都是捕食食字魚維生的魚種。

在鐵絲網裡面的是？
危險！手指不能伸進去！
呀啊！
這是書鯊，以剛才的書墨鯛爲食。
書鯊只住在大型豪華書裡，在很罕見的狀況下才會吃人。
牠們叫做食人書，是屬於其他種類的蠹魚。
食人書不住在書中，而是擬態成書、潛伏在書店的魚種。
客人不是常會在書店被咬到手嗎？大部分都是這些傢伙幹的喔。
我、我們店倒是沒發生過這種事……
這是？
《魚類料理大全集》，總共十五冊？

啊！就是牠！牠吞了我的《直立魚類》！
是全集鱔魚啊。
牠們成長後的身體塞不進單本書裡，因此會挑選套書類的著作，跨居在各冊裡頭。
（咚咚）
牠們平常雖然以食字魚爲食，但個性貪吃，什麼都會吞下肚。
不過消化速度很慢，所以可能還來得及救妳的書。
古書
該、該怎麼做才好!?要是不拿回來的話……
釣竿借妳用吧。魚餌用食字魚就行。

全集鱔魚是住在哪部套書裡？
在這本。全套是七本，但店裡只有第五冊……
七本的話，體型不算太大。但只有一冊就傷腦筋了……
總之先釣釣看吧。
不上鉤呢。
要有耐心。
我猜得沒錯，牠游泳方向變了。
是尾巴！
バシャッ
(唰)
啊！

那、那該怎麼辦？
要找出其他冊來。蒐集全套是最快速的方法……
我們店沒有其他集數啊……
哪裡會有呢……對了！上網查查看！
我看看……圖解・奇妙海洋……啊！有了！
這間「最果堂」書店有第一冊的庫存！地址是北海道的……
……北海道有點困難呢……
嗯……其他地方……
啊！昔野市的「返本堂」有第三冊和第四冊！這間店我知道！
而且不算太遠！就去那裡吧！
返本堂
ドドド
（噠噠噠）

ドドドドドドド
（噠噠噠噠）
書呢!?
快點找出來！
放在哪裡!?
紙魚子！
找到了！
書在這裡！
好！
這次一定成功！
客、客人……
你們在做什麼!?
怎麼辦？
兩本書都不是頭！
妳打算如何？
等全集鱔魚轉向嗎？

要是牠在這段時間把書消化了呢!?
你們等一下!在店裡釣魚會造成我們困擾的!
甚至擅自將釣線放在書上……
那我買下來吧。話說店裡沒有其他集數嗎!?
這套書不好找，我們店就只有這兩本而已。
由敝店來買下吧，宇論堂的那本也一起……我也想蒐集全套。
全集鱔魚可以給你，但牠肚裡的《直立魚類》是我的!
眞拿妳沒辦法。
啊!魚鉤勾住了!
就這樣把牠釣上來吧!
沒勾到嘴巴不行啊!千萬別硬來!
但好像已經很接近頭部，都看到下巴底下的鰓了……

好！趁機把牠拉出來！
哇啊！別亂來……！
グッ
（握住）
喔……喔喔！
グイグイ
（拉扯）
啊！紙魚子！
呀啊！
怎麼辦？紙魚子被全集鱔魚吞掉了……
全集鱔魚再怎麼貪吃，也不會吃人的。

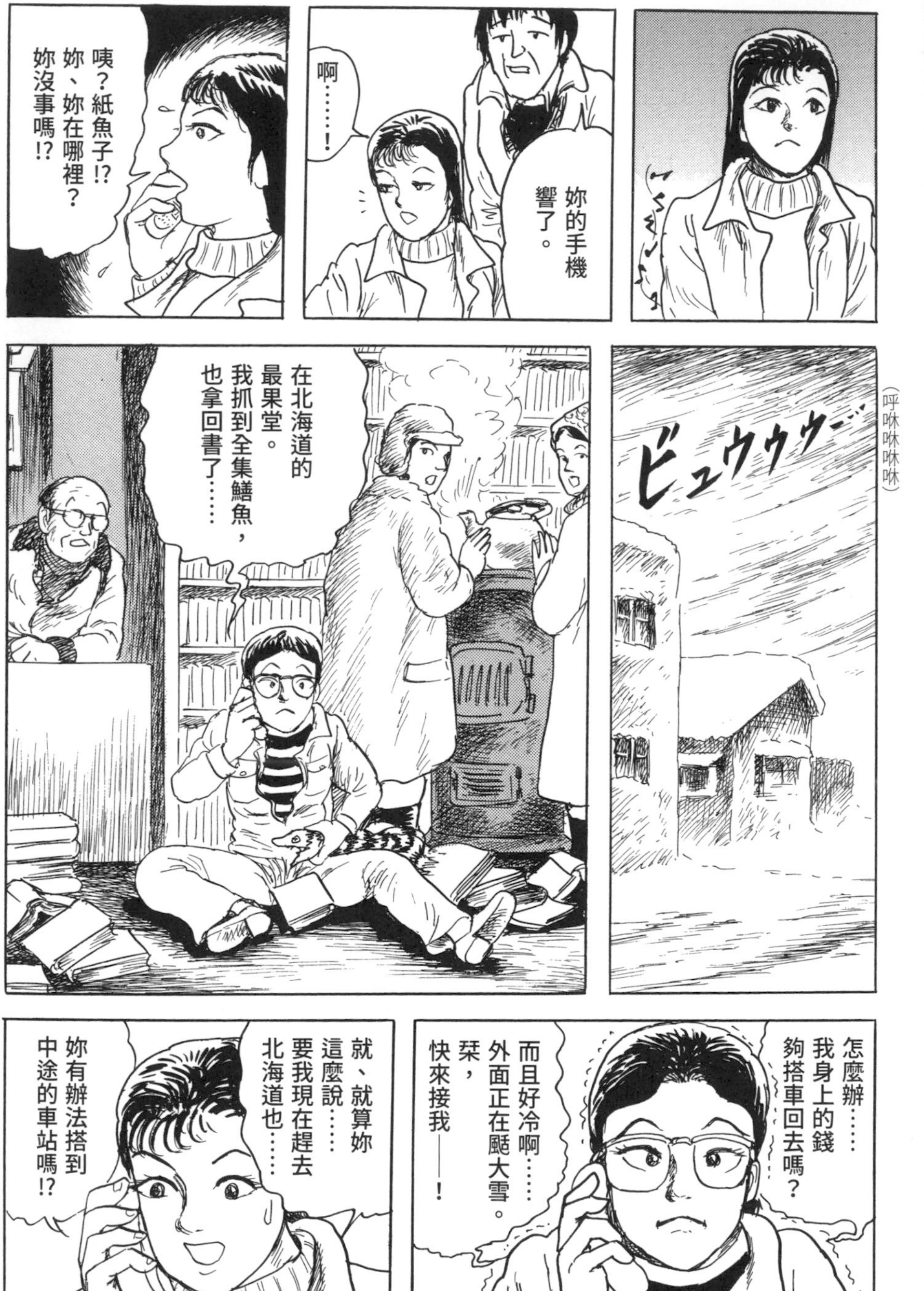
妳的手機響了。
啊……!
咦?紙魚子!? 妳、妳在哪裡? 妳沒事嗎!?
ビュウウウー…
(呼咻咻咻咻)
在北海道的最果堂。我抓到全集鱔魚，也拿回書了……
怎麼辦……我身上的錢夠搭車回去嗎?
而且好冷啊……外面正在颳大雪。栞，快來接我——!
就、就算妳這麼說……要我現在趕去北海道也……
妳有辦法搭到中途的車站嗎!?

紙魚子最後搭上夜車，伯父再到仙台接她回來……
宇論堂將蠹魚居住的書都轉賣給了海洋堂，但仍有一些食字魚殘留在店裡……
因此他們暫時借來了書墨鯛，等到吃完小魚再歸還回去。
不僅如此，紙魚子雖然辛苦將《直立魚類》弄到手……
哈、哈、哈……
哈啾！
我、我、我費盡心思……哈、哈、哈……
總算得到……哈……直、《直立魚類》……
哈、哈啾！

啊——!!
怎麼了？
缺了好多文字！我想起來了，從全集鱔口中拔出書的時候……
也跑出很多食字魚。還是活著的……
那種書老實說眞讓人傷腦筋啊……算了，反正只有一本，就睜隻眼閉隻眼……
反正好像也被食字魚吃掉大半……也是種虛構的博物書了吧……
月刊人魚

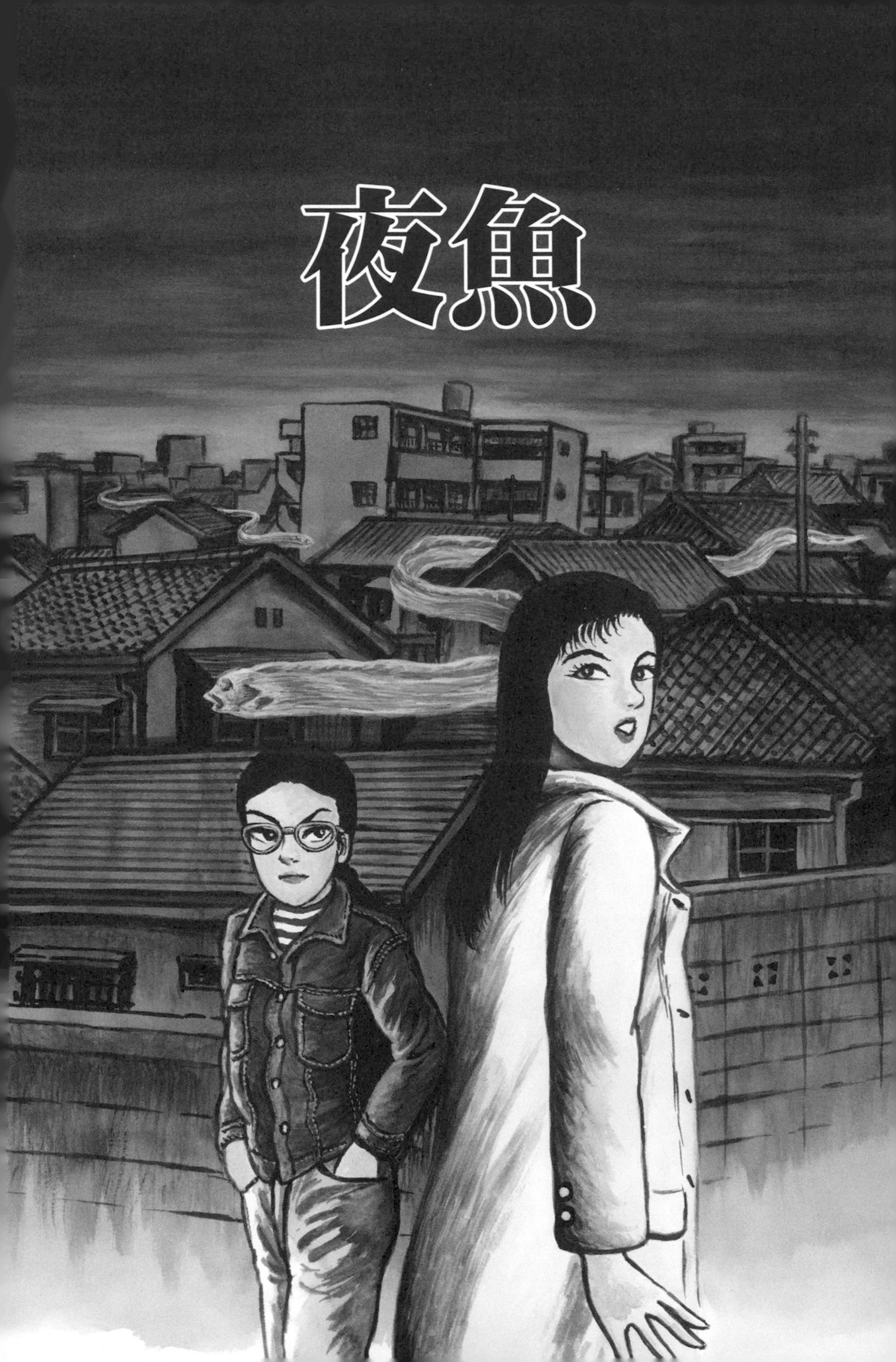
夜魚

最近胃之頭町
發生了大事……
那就是……
咦？
這裡什麼時候
變成空地啦？
我記得
本來是間
時髦的房子……
最近越來越多
像這樣的
空地了呢，
到處都看得到。
ザワ
ザワザワ
（嘈雜 吵鬧）

不好啦！栞、紙魚子，妳們聽說了嗎？町子失蹤了！
失蹤？
怎麼回事？
最近不是有不少失蹤案件嗎？就是大家說的胃之頭町平成神隱案件……
就是那個！町子也被神隱(註)了啦！
沒錯，近來胃之頭町發生的怪事……就是失蹤者異常增加。
町子是昨天被發現失蹤。
但我在她失蹤前一天晚上才和她通過電話。好像是用手機打來的。
我當時很睏，所以記不太清楚，只記得她說了魚什麼的……
魚？
她說「魚過來了」……接著就掛斷電話，我也再度睡著了……
這裡……是町子家……？
沒錯……

(註)神隱：日本的民間傳說，即「遭鬼神隱藏」之意。

而且是全家人集體失蹤……整棟屋子在一夜之間消失無蹤的詭異案件，正在接連發生。
「魚過來了」是什麼意思？
我聽過這個傳聞。好像是有人在半夜看到巨大的魚在町內游來游去……
據說失蹤的人可能是被那條魚吞噬了……
怎麼可能嘛……
啊！妳們看，那個人……
她不是雜誌的編輯嗎？
對耶，是鬼虎小姐的責任編輯海老名。
妳們看到鬼虎老師了嗎？
沒有。
這麼說來，這陣子都沒遇到她呢。甚至不在段老師家附近……
我一直在她可能出現的公園或空地搜尋，但都沒找到人。
話說多了不少空地，我也根本找不完。
她該不會像以前一樣，又跑去流浪了吧？
是嗎？嗯……或許吧……

難不成鬼虎小姐也被神隱了……
不會吧……和她的形象很不搭耶。
說得也是，應該是她讓別人消失吧。
神隱案件依舊層出不窮，學校同學也一個個消失不見。
什麼？洞野也失蹤了？
巨魚徘徊在深夜街道上的風聲也隨之口耳相傳……
眞的嗎？你看到了？
我沒看到啦，但洞野好像遇上了。
我聽說不是魚，是蛇耶！
不是啦，是鰻魚！
聽說巨魚會在安靜晴朗的夜晚出沒。如果有人遇到，下一個就輪到他消失……
妳看，町內好多地方都變成空地了……
東空一塊、西缺一角，簡直像用橡皮擦擦掉似的……

夜魚

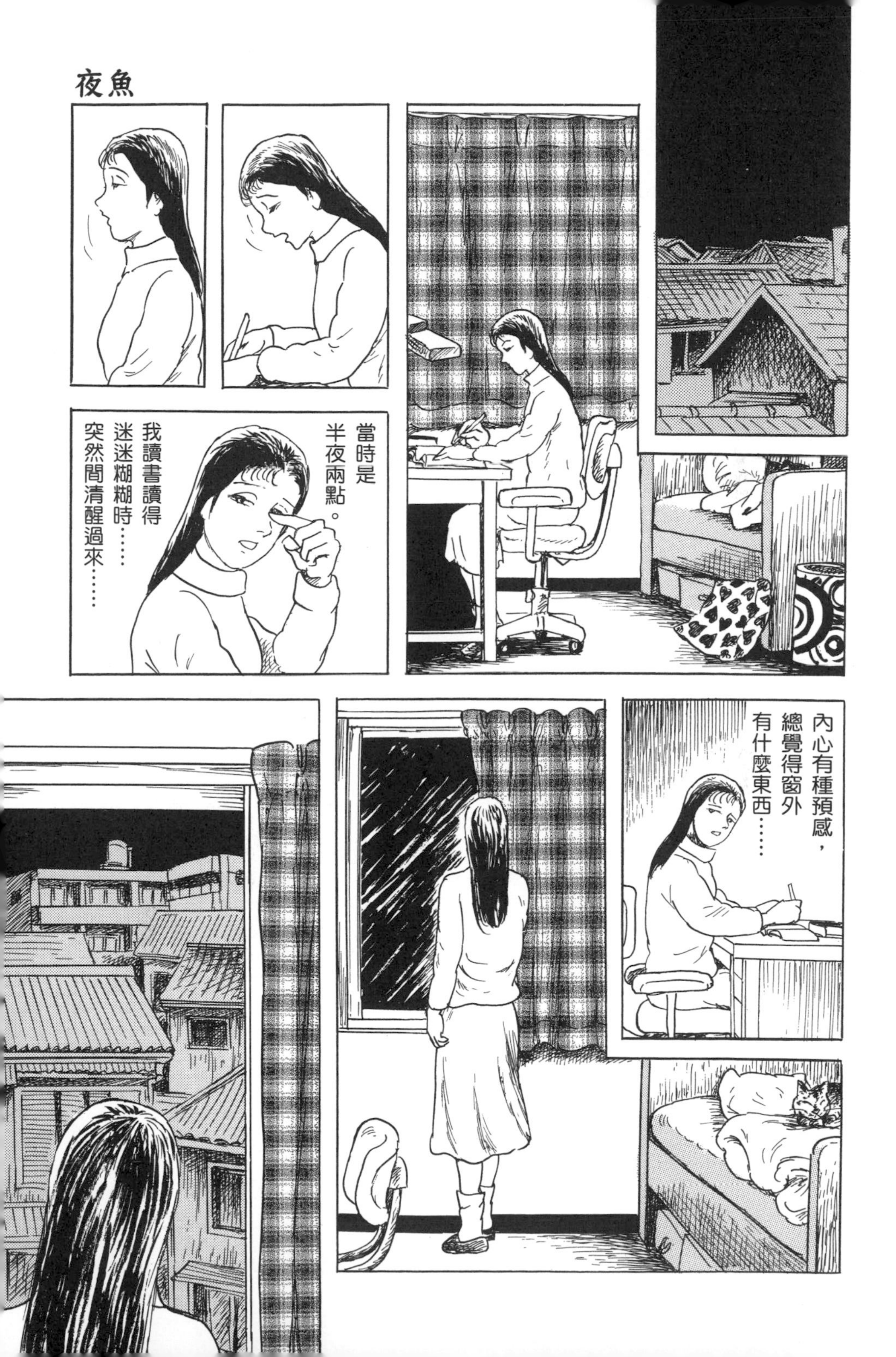
當時是
半夜兩點。
我讀書讀得
迷迷糊糊時……
突然間清醒過來……
內心有種預感，
總覺得窗外
有什麼東西……

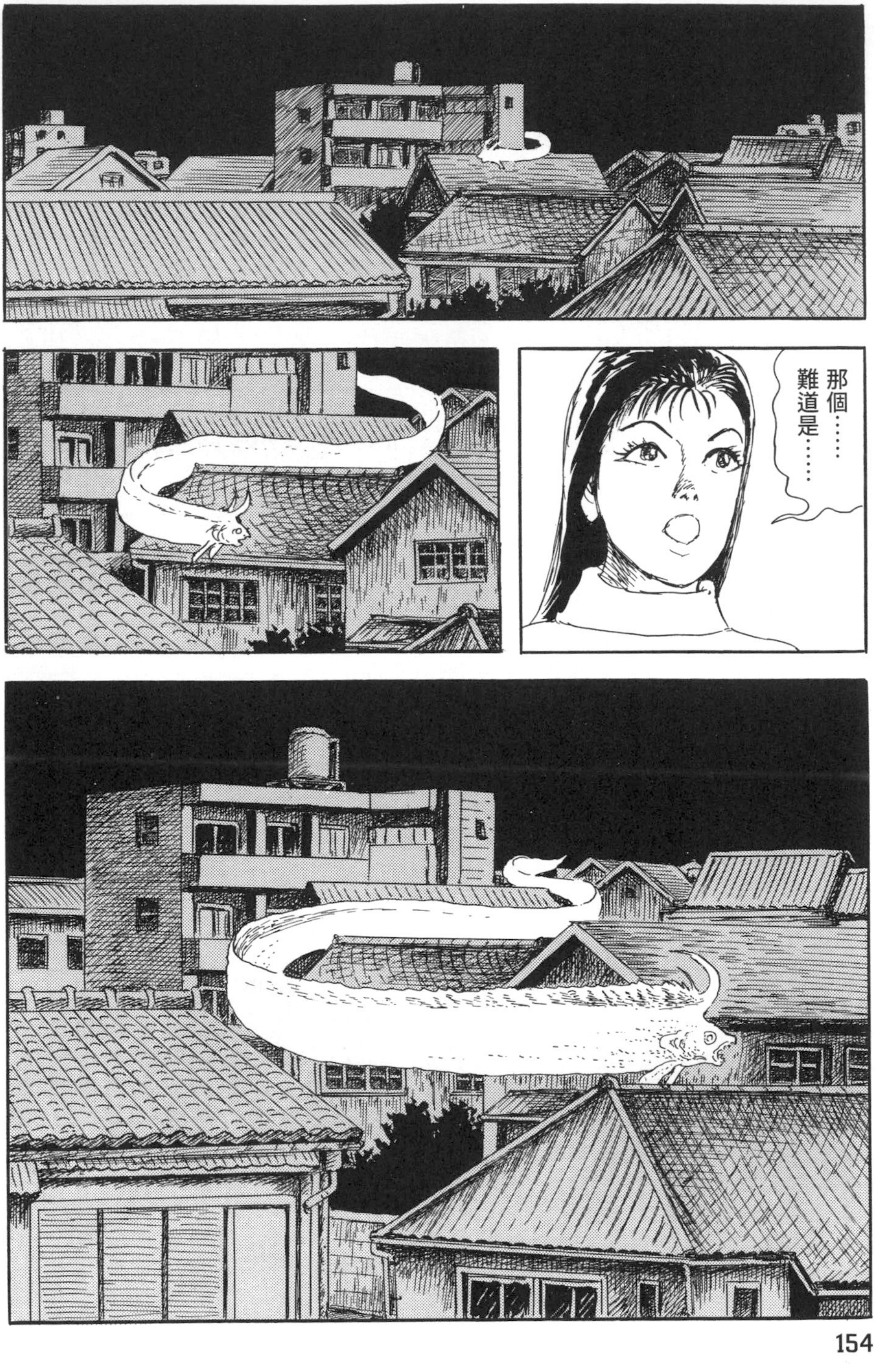
那個……
難道是……

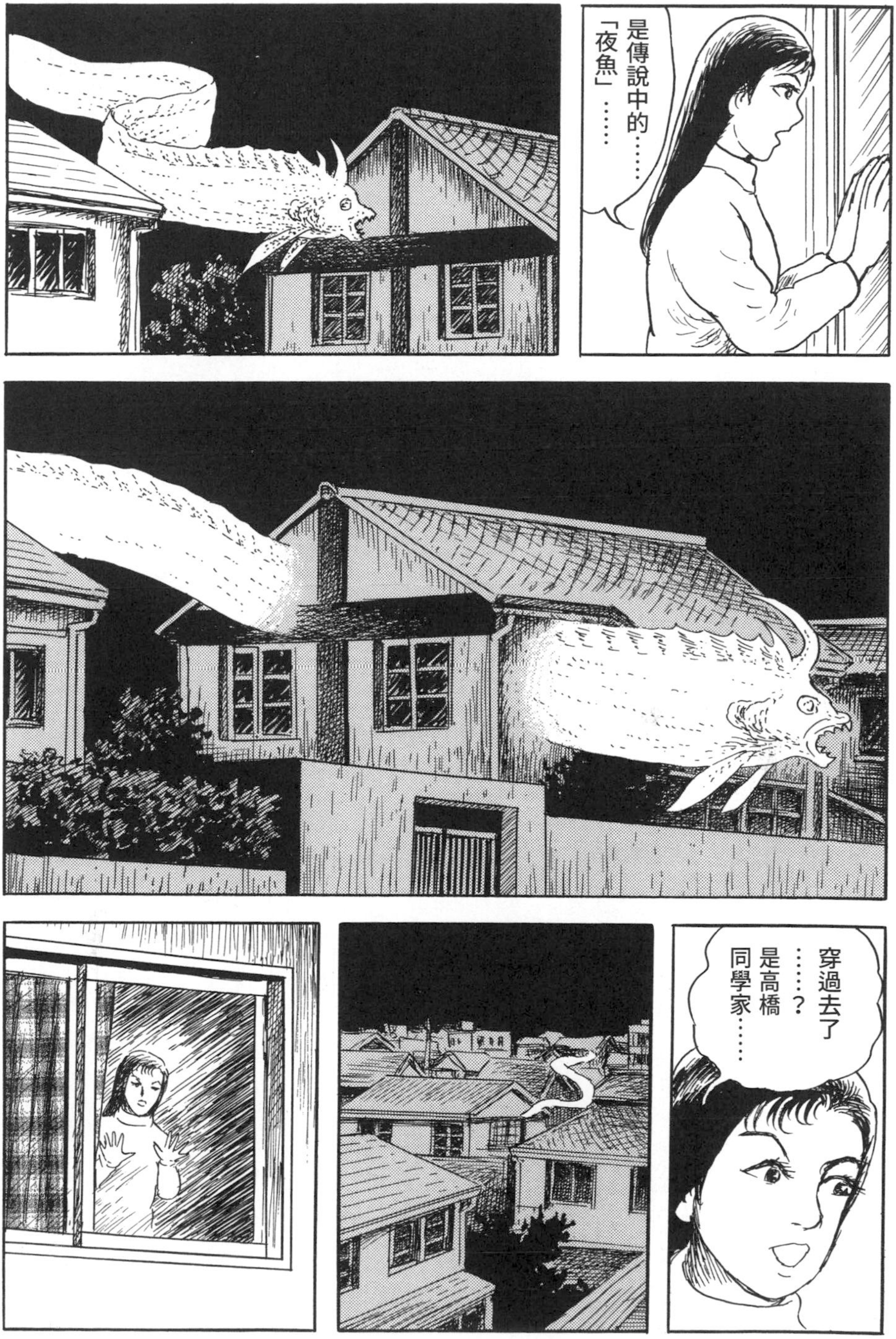
是傳說中的……「夜魚」……
穿過去了……？
是高橋同學家……

果然沒錯……高橋同學的家消失了……
咦？妳看到巨魚了？
沒錯，巨魚穿透過的屋子消失了。這就是大家說的「吞噬」吧？
所以下一個消失的就是妳嘍？
不要嚇人啦！
什麼……？

學校……消失了一半……
宣布停課了。
這也是巨魚幹的嗎？
看來就算是巨魚，也吞不下整間學校呢。
咦……？這裡之前不是空地嗎？
對啊。什麼時候蓋起房子了？
這些黑漆漆的草又是什麼……？
請問……您什麼時候搬到這裡的……？
我一直都住在這裡啊。哎呀呀……
我記得這裡之前都是空地啊？
空地改建成房子了喔。哎呀呀……
……？
怎、怎麼回事？好怪的人……
對了，去町子家看看吧？

啊！町子！
妳跑到哪裡去了!?
我家前陣子改建，先暫住在其他地方了。哎呀呀……
……？
妳眞的是町子嗎？
當然啊。哎呀呀……
怎麼了？有什麼不對勁嗎？哎呀呀……
妳生病了嗎？爲什麼沒來學校？
對呀……我好像有點生病了……但不用擔心，我很快就會回學校上課了……哎呀呀呀呀呀……
……
……

妳覺得那眞的是町子嗎？
嗯——看起來是町子沒錯……但實在很詭異……
啊！又是海老名編輯。
咦……？那不是鬼虎小姐嗎？
愛是哎呀呀 心也是哎呀呀 冬日清晨 如水晶般 哎呀呀閃爍……
鬼虎老師，您怎麼了？陷入創作瓶頸了嗎？
我不會再寫血腥暴力的詩了。
從今以後要歌頌愛情的偉大！哎呀呀……
……
……

事情有了新的狀況。遭神隱的住家不知何時蓋起新的屋子，原本失蹤的人也回來了。
但所有人都變得軟趴趴的，好不對勁……他們真的是本人嗎？
上次看到巨魚也是在這樣的夜晚呢……
都是紙魚子說了奇怪的話，害我也跟著在意了起來。
……哥哥哥哥
剛才是什麼聲音？

呵呵呵呵
呵呵呵呵呵呵——！
那、那、那是什麼……？
看起來很像鬼虎小姐……
（嚇）
ビクッ
喂……？
啊！紙魚子……
什麼事嗎？在這種時間打來……
妳現在能出來一趟嗎？
是關於町子的事……

怎麼了？半夜把我叫來這裡……
抱歉，因爲町子說不想被其他人看到……
町子說的？她也在嗎？
這邊，跟我來。
對了，剛才有個像鬼虎小姐的生物經過我家喔。
眞的嗎!?所以那件事是眞的囉？
什麼事？
是海老名編輯告訴我的，妳直接問她吧。
咕嚕咕嚕咕嚕
鬼虎老師眞是的……大半夜突然開始奇怪的表演……
如果在澀谷或原宿的話，可能很受歡迎就是了……

這、這是什麼!? 鬼虎小姐四分五裂了……！ 是誰幹的!?
聽說是鬼虎小姐自己做的。
怎麼回事!?
我爲了趕上雜誌的截稿日，熬夜監視鬼虎老師趕稿，結果就……
喂！
那些窩囊的詩是什麼鬼啊！不准冒用我的名字寫出那種東西！
(唰唰)
冒牌貨還膽敢代替我寫詩？妳還早一百年呢！
對了！不如趁現在把段老師搶過來……！

呵呵呵呵呵——！
就是這麼回事……
冒牌貨？這個軟趴趴的鬼虎小姐是冒牌貨嗎？
那我們白天看到的町子呢？
看來也是冒牌貨呢。妳跟我來，就在附近而已……
這、這是……冒牌貨……？房子也是嗎？
沒錯。它們實際上是這些黑漆漆的草。
那本尊在哪裡？
在這裡。

町、町子!?
騙人……!
栞——!
我變成
這副德性了!
快想想辦法!
到底發生了什麼事?
話說妳變成這樣還
帶著手機啊?
是町子用手機
打給我的。
我本來
也不相信……
我也不清楚，
只記得好像被巨大的
魚一口吞下去，
一回神人就在那裡了。
我是和鬼虎小姐
一起逃回來的……
那裡是哪裡?
到底怎麼了!?
我一團混亂了啦……
總之先攔住
鬼虎小姐，
向她詢問
詳情吧。
她去段老師家
了!
啊!

是巨魚……！
牠是從段老師家的方向過來的！

段老師家也遭殃了！
老師沒事！
老師！您還好嗎？
嗯……到底發生了什麼事？
我人待在工作室，窗外有條巨大的魚游過。
我跑出來一看就發現主屋消失，我老婆和克蘇魯都不見了。
咦？不只克蘇魯妹妹，連太太都被巨魚吃了!?
可以將段太太一口吞下，那條魚眞不簡單！
那條魚到底是什麼？
您不知道嗎？
那是傳聞中的「夜魚」，會吞噬人和屋子……
那、那條魚往我家方向游去了！

我、我家不見了！
爸爸、媽媽、小章和波里斯……？他們怎麼了!?
嗯——……我都不知道町內發生了這種事。那條魚吞了那麼多東西嗎？
您也太遲鈍了吧。算了，畢竟老師家還比較異常……
總之是這麼一回事吧？巨魚每天晚上都會現身，將居民連同房子吞噬。
而遭牠吞噬的地方，過一段時間後又長出黑草……
那是海草喔。那條魚離開前會留下像種子的東西。
海草再化身爲屋子和原本的居民嗎？是爲了什麼？

消失的人到哪裡去了？
只有鬼虎小姐和町子回來了。雖然相貌變了很多……
妳們之前去了哪裡？可以再詳細說明一下嗎？
我想不太起來呢。只覺得像待在海裡，感到很舒服放鬆……
是個好地方喔，我本來想把段老師也找去……
但既然老師的太太消失了，我就住在這裡吧！老師！這是我們兩人的命運！
等、等、等一下……這樣我很爲難……妳身體變成這樣也很困擾吧？
不會啊，我很喜歡這副身體呢。不但什麼東西都能一刀兩斷，還跑得飛快……
不過寫詩有點不方便。到時只好口述給海老名，讓她幫我抄寫吧。
那麼妳是怎麼回來的？
我也不太清楚。我是緊跟著鬼虎小姐一起來的……
鬼虎小姐，妳有辦法再回到那地方嗎？
是回得去啦，但我不想。好不容易變成我和老師的兩人世界……
我還記得途中的路線，就是公園的那條散步道……
總之去一探究竟吧。或許可以發現到什麼。

慢著，你們眞的要過去嗎？眞是沒辦法……
我來帶路吧。乾脆趁這個機會以老師爲賭注，和太太一決勝負。
往這裡！
（沙沙　沙沙）
ガサガサ
是我們之前帶約翰散步的路。

所以是往是乃夫人家的方向囉？
在這邊！我離開時嫌樹叢太礙事，斬斷通過的。
喂！是什麼人？擅自把我們家庭院……
バタン
呀！
她之前到底怎麼通過的啊？
(碰)
バタン
バタン
バタン
(碰碰碰)

（混帳）
這座小鎮也太排外了！收下我的塗鴉吧！混帳！
還、還是加快腳步吧。
呃……是往哪裡呢？
啊！是七兄弟！
哇啊！
你們要去哪裡？是我鬼虎啦！
你們昨天也逃跑了吧？
妳、妳改變形象了嘛，我們沒認出來。
你們是當地人吧？快帶我們去昨天那位夫人家。

是是乃夫人的宅邸。
我在那裡休息了一下。那位夫人很和藹可親呢。
啊！是昨天的暴力女來著。
吾人應付不來啊。
我又來啦！快點端茶出來！
打擾了……
什麼啊，是之前帶貝蒂來的客人啊？
上次承蒙招待……呃……鏘太郎先生和噹之助先生？
眞失禮！世界上有這種怪名字嗎？我是權太左衛門！
吾人乃古隆之助。眞是沒常識的女孩子啊！
鬼虎小姐，請將他們碎屍萬段吧。

鬼虎小姐來啦，
還有……哎呀，
這不是栞和紙魚子嗎？
好久不見，
歡迎光臨。
您好，
啊……您知道
段老師吧？
記得您和段太太
是朋友……
哎呀，我經常
聽夫人提起您呢。
咦？
夫人和
小姐
失蹤了？
怎麼會
發生這種事
……
有什麼
線索嗎？
什麼？魚？
ビクッ
（嚇）
噹左衛門，
你聽到了嗎？
是魚！
古隆隆太，
莫非指的是
那條魚？
您知道些什麼嗎？
關於「夜魚」的事……
嗯，
算是……
但那條魚……
ポーン
（碰——）

啊！糟糕了！
索隆助！古林太！
快啟動那個……！
ギリ ギリ ギリ
（轉動 轉動）
ギギギギー……
（嘰嘰嘰嘰——……）
ぐーーーん
（唰）
這張巨大的網子是……？
是爲了防止那東西攻擊屋子。妳看，牠來了！

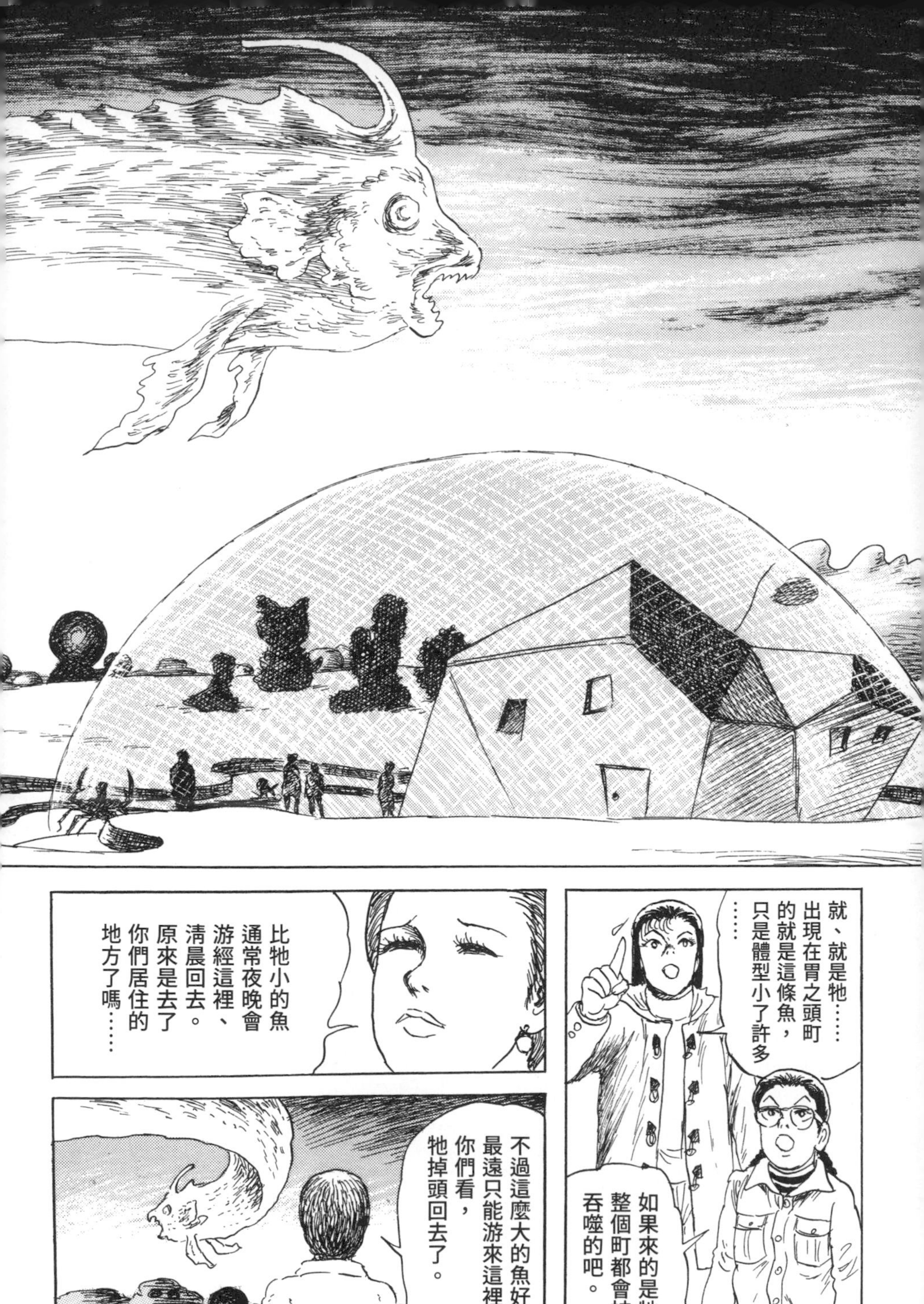

就、就是牠……出現在胃之頭町的就是這條魚，只是體型小了許多……
比牠小的魚通常夜晚會游經這裡、清晨回去。原來是去了你們居住的地方了嗎……
如果來的是牠，整個町都會被吞噬的吧。
不過這麼大的魚好像最遠只能游來這裡，你們看，牠掉頭回去了。

但是啊，牠們以前不會游到這一帶的。一個月前才開始來到這裡。

正好是發生神隱的時候。
也就是說，牠總有一天會來到胃之頭町囉？
您知道牠是從哪裡來的嗎？
知道……不過你們最好不要去那裡……
我家人和許多町內居民都失蹤了。我必須去找他們……
這樣啊……
如果你們非去不可的話……砂吉、吐之助，你們幫他們帶路吧。
咦！
夫人！饒了我們吧！
要是不帶路，我就剃光你們的毛，讓你們變成光頭和尚！
哇——！
別這樣啊——！
話說回來，你們的本名到底是什麼？
我們也不知道喔。

牠們來自「夜海」這地方。雖然想去就能去，但沒有人會靠近那地方。
夜海？
放心啦，現在是白天……
雖然名字是夜海，但既不是夜晚也非大海，然而也不是白天或陸地。
……？什、什麼意思？謎語嗎……？
管他是什麼！總之我們出發去那個夜什麼海吧！
路上小心啊！夜海不是普通的地方……
這裡也不是什麼普通的地方就是了……

你們看到前面黑漾漾的區域了吧？那塊低地正是「夜海」。
DANGER
前方危險
那裡？是「夜海」……？
我們要去那裡嗎？沒在開玩笑吧？
我們也不想去啊。

就是這裡！我之前斬草除根的入口應該還在！
找不到的。海草已經長回來了。
既然都來到這裡，再多陪陪我們吧。
那麼，我們就告辭了……
啊！你們看那邊。
這地方平靜又宜人，眞是不錯呢。
沒錯。還能放心讓小孩到處玩耍。

妳看，他們已經適應這地方了。
他們本來就出身這裡吧？
啊！糟了！是鯊魚！
ぱくっ
ぱくっ
ぱくっ
（吞 吞 吞）
ズンズン ズンズン ズンズン
（ジョーズのテーマ）
（登登 登登 登登）
（「大白鯊」主題曲）
哇啊！往這裡來了！
喂！不用逃啊！
ズンズン ズンズン
（登登 登登）

呀啊！我、我被咬住了！
紙魚子！
咦……？
這什麼啊！
和他們走散了。
段老師他們呢？
老師——！
啊！
這輛公車……是我們上次從是乃夫人家回胃之頭町時搭的車子。
公車也會開到這裡來嗎？
不是的。我們是在更遠的公車站被魚吞噬的。

那條可惡的魚
可能是把車燈誤認爲
燈籠魚了吧。
我想起來了！
我來的時候
經過這輛公車！
記得是這方向……
呀啊！
バクッ
(咬住)
救命啊！
啊！
町子！
混帳！
快放開
町子！
(緩緩)

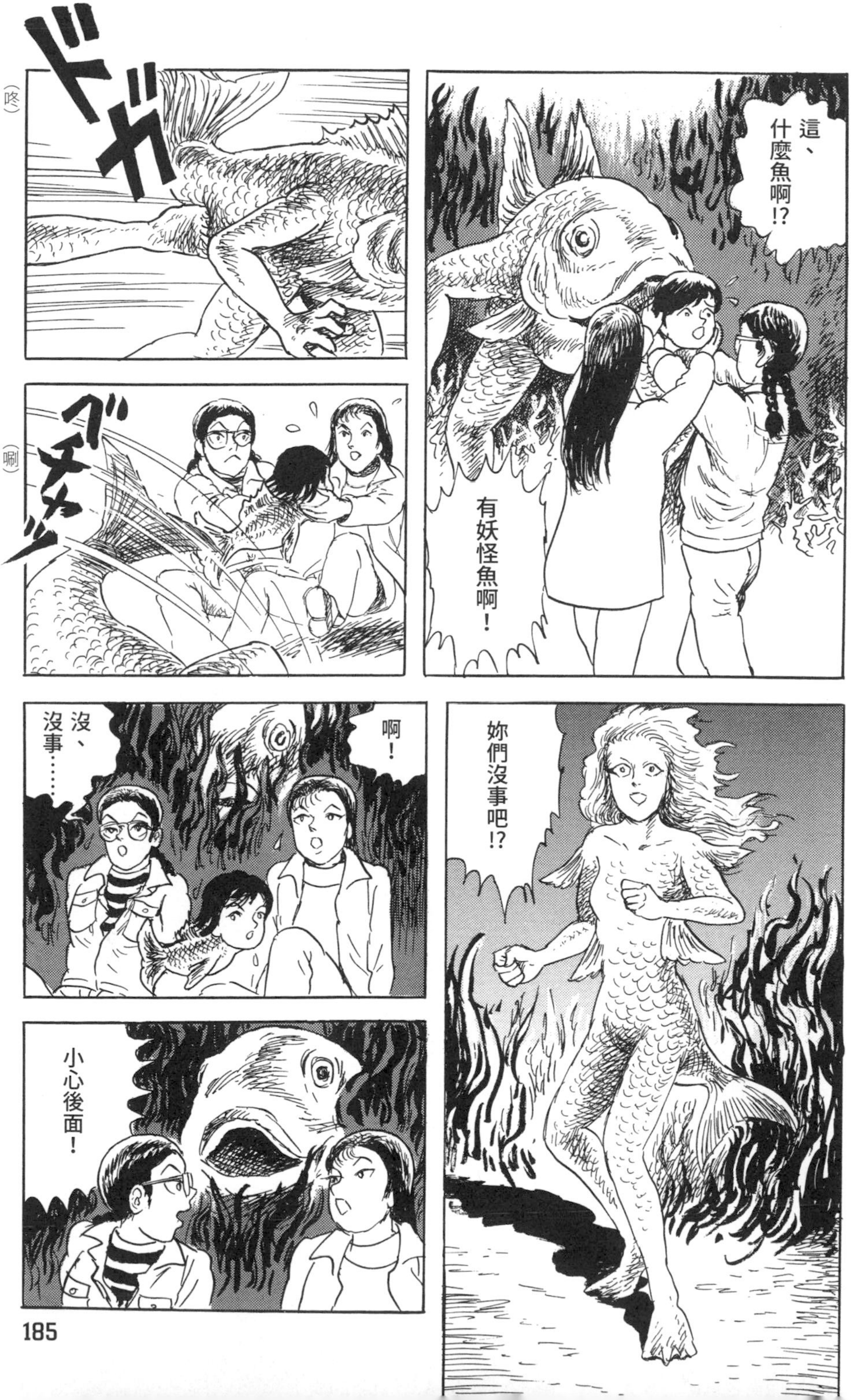

這、什麼魚啊!?
有妖怪魚啊!
ドガ
(咚)
(唰)
妳們沒事吧!?
啊!
沒、沒事……
小心後面!

哇！牠怎麼還在！
不准靠過來！
ドボッ
（碰）
（咻）
好厲害！
太帥了！她是誰？
啊！栞！危險！
咦!?
呀啊！

（一震）
ビクッ
哇哈哈哈！
（噠噠噠噠噠）
ドドドドド
哇哈哈！
哇哈哈！
ドドドドド
（噠噠噠噠）
啊！
停下來！
ドドドドド
（噠噠噠噠噠）
哇哈哈哈！
她認識我耶。到底是誰呢？
那個聲音……
該不會……

這地方明明沒有水，卻好像大海啊。
爸！媽！原來你們在這裡!?小章也在！
喔？是栞啊。妳也來啦。

好奇怪喔！姊姊怎麼沒變成魚？
奇怪的是你們吧。爲什麼變成這副德性!?
嗯——……妳問爲什麼……我們被一條大魚吞下後，不知不覺來到這裡……
一回神就變成了這樣……
在這裡過得太舒服，不小心就忘了呢。
也太散漫了吧……你們都不在意自己的模樣嗎？
不會啊，現在這樣很輕鬆喔。什麼都不用思考，只要放空浮游就好……
好像變成交完稿子的漫畫家一樣……雖然也有人還沒交稿就在放空啦……
沒錯——最棒的是不用準備晚餐也沒關係……
那町子爲什麼要回來？
我不是游泳社的嗎？
我變成魚後就開心地游來游去，不小心游出大海之外。
這時我突然想到必須回家……?
接著遇到鬼虎小姐，就一起回去了。
啊！早苗！還有洞野……
啊！栞——！妳來啦——！
啵——

胃之頭町被神隱的人都在這裡嗎？
大部分的人好像都在，因爲這裡最安全舒適……
但變身後的樣子因人而異。
也有人像鬼虎小姐一樣，反而更進化了。
吃飯怎麼辦？
那附近有很多浮游生物喔，還滿好吃的。
對啊。妳也嘗嘗吧？
才不要！吃什麼浮游生物……
不然也有小蝦小魚喔。啊！有了！看起來好好吃！
パクッ
(吞)
嗯？
哇啊──！
啊！小章！
パクッ パクッ
(吞 吞)

哇啊！不小心就吃下去了！
咦——？
哇啊！
這、這是什麼!?
バサッ
(唰啦)
什、什麼？爸！媽！發生什麼事了!?
他們上鉤了！
啊！是網子！我們不是魚啊！
哪裡安全了啊！

這是哪裡？在那邊的怪東西是什麼？
那是夜海女王。
竟然是女王!?
看起來不是人也不是魚啊。爲什麼長成那樣？還一直繞圈轉？
我們也不清楚。
她在看書耶。

啊！那是我的書！
咦!?
妳還記得嗎？上次從是乃夫人家搭公車回去時，因為路途太長，我就在車上看書。
之後我就找不到那本書。回想後發現，原來是忘在公車上了。
爲什麼那位女王陛下在讀妳的書啊？
我哪知道？她撿到的吧。
啊！是段老師！
哎呀，妳們也被抓住啦。
鬼虎小姐呢？
她在後面。她本來在和這些妖怪魚揮刀廝殺……
可惡——！被煮成火鍋了！

咦？是栞同學和紙魚子同學啊？
啊！鴻鳥同學！
我被任命爲女王陛下的大廚。
雖然做的都是海鮮料理……
但是女王和這裡的魚民只食用浮游生物和小魚，不吃什麼火鍋的啊。
是我推薦的菜色，還特別力薦了人肉料理……
呵呵呵！反正這裡的胃之頭居民都變成像魚的東西了，抓來料理也沒關係吧？
有、有關係啦！
而且那就不是人肉料理了啊！
說得有道理。不過這邊三位沒有變成魚……
妳這叛徒！
鬼虎小姐！快想想辦法！
我進了這鍋子後，不知道爲什麼，越來越虛弱……
喔——？我煮出來的湯頭還眞美味——！
一起熬煮的魚也很可口呢。
嗶——！
嗶嗶——！嗶嗶——！

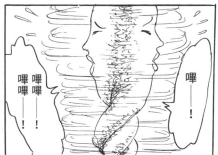

怎、怎麼了？
她好像很激動。是那本書的關係嗎？
紙魚子，妳那天看的是什麼書？
威爾斯的《世界大戰》(註)。
那些魚會來到胃之頭町，難不成是那本書害的吧？
不、不會吧……
糟糕！女王陛下心情變差了。必須快點端上料理才行。
先上前菜！動作快！
前菜是壺燒巨大海螺和海草沙拉。鬼虎小姐是主菜，請再稍等一會。

(註) H・G・威爾斯（一八六六—一九四六）：英國小說家。《世界大戰》爲一八八九年發表之作，講述火星人逃離即將滅亡的火星來到地球，與英國開戰。

嗶——！
バッ
(嘩)
啊！波里斯！
魚——！
ガブ
(咬住)
嗶——！
嗶——！
咕魚！(是貓！)
咕魚！咕魚！
魚魚——！
魚！
魚！
魚嗚！
バキッ
(磅)

ドカッ
(咚)
喝了自己的湯頭後就恢復力氣啦！看我來把你們做成北海鍋！
ザバーッ
(嘩啦──)
スパ
スパ
スパ
(唰唰唰)
(咻)
グイグイ
(咬咬)

老公！你沒事吧？
嗯？
老婆！是妳嗎？爲什麼變成這樣……
啊啊……我本來不想讓你看到的……但現在必須趕快逃走……
那是段老師的太太!?
騙人！
泰克利、利！泰克利、利！
那個聲音……
ドドドドドド
泰克利、利！泰克利、利！
(噠噠噠噠噠噠)

啊！爸爸！大姊姊！這裡好好玩！可以變成各種形狀——！
ギョー
ギョー
ギョー
(魚——魚——魚——)
糟、糟糕！來更多魚了！
喂——！

呀呼——！
上船吧！動作快！
我來幫你們了——！
紙魚子！快啊！段老師和其他人也快點上船！

大家都上來了嗎？
町子——！
早苗——！我在這裡！
一個個來！快啊！
（噠）
為什麼妳也來了！
有什麼關係？我也做膩魚料理了嘛。
哇啊！
（咚隆）
要墜機了！要墜機了！
克蘇魯！快縮小一點！
（咻咻　咻咻）
（噠）
嗶——！
嗶——！

再開快一點！
追上來了！追上來了！

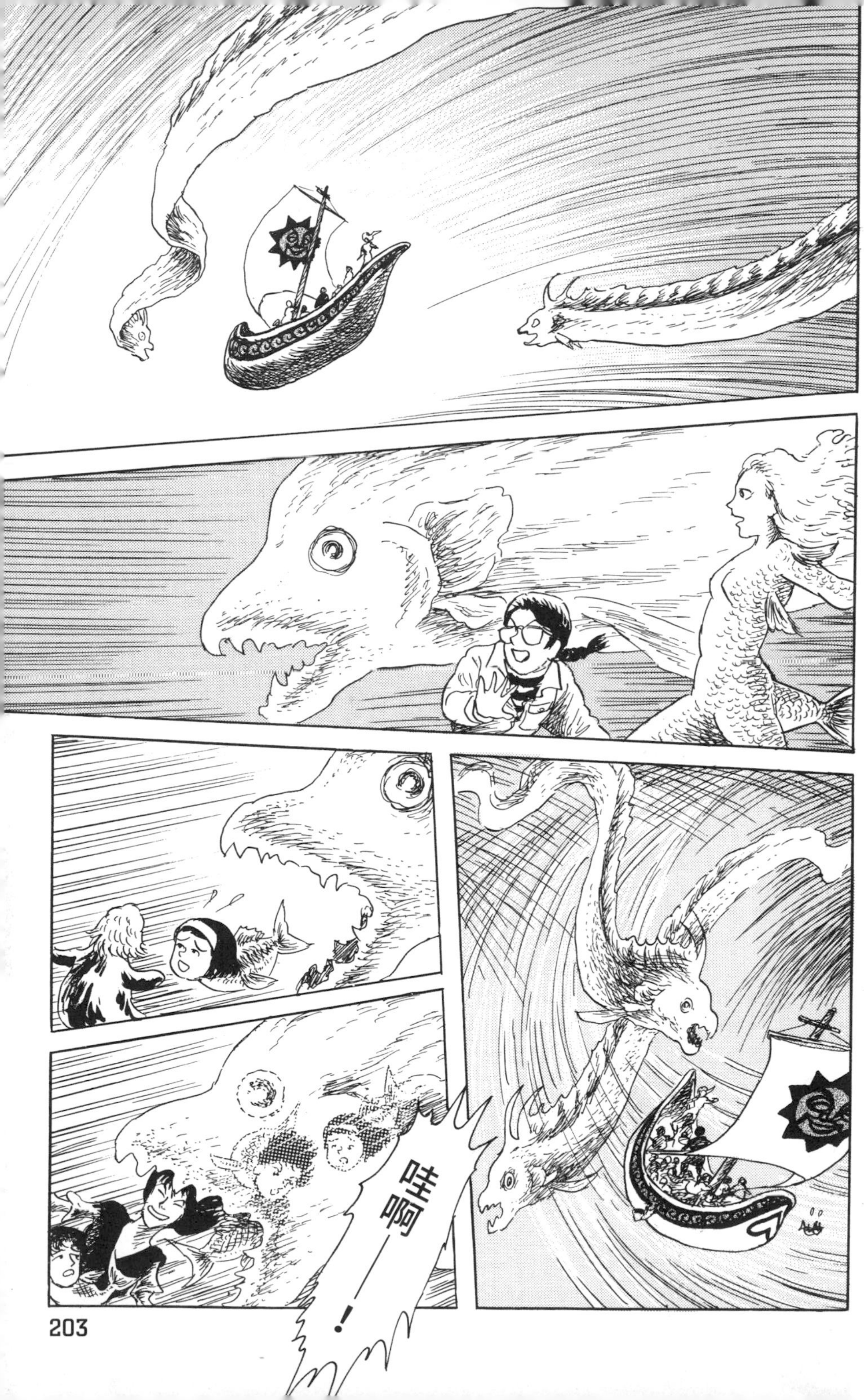
哇啊——!

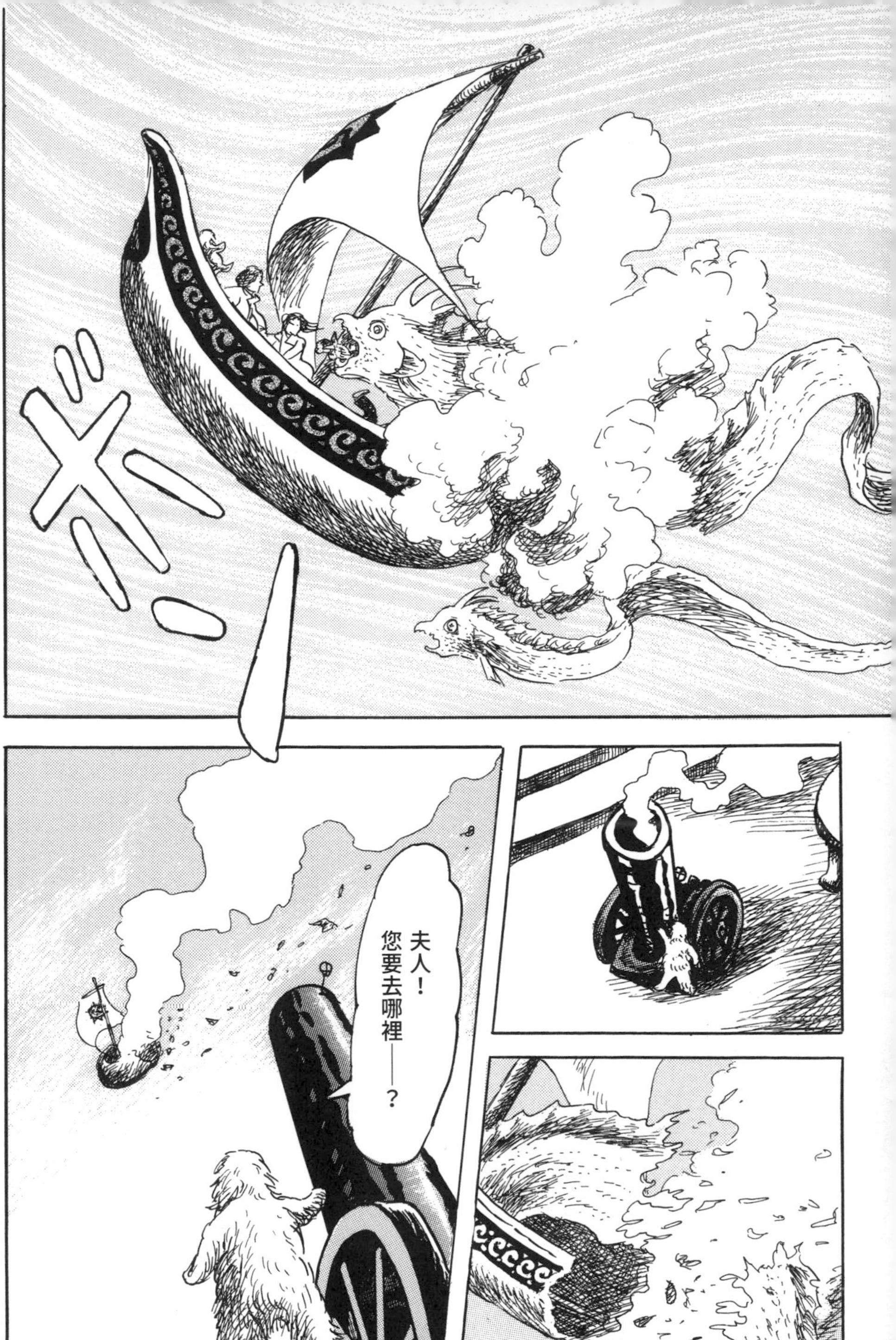
ドォ
（碰）
夫人！
您要去哪裡——？

ボロボロボロ
（撲簌簌）
啊啊……啊啊……
（轟隆）
ドォ ドォ
（咚咚）

紙魚子——！沒事吧——？
算是沒事。
栞——！
啊！大家變回來了。
是學校！恢復原狀了……
我們回到胃之頭町後發現，不只是學校，我家和其他遭到神隱的住家都復原了。

但是，似乎也有人沒辦法徹底變回來……
噢！為什麼我沒恢復原樣呢？這樣你會嫌棄我的吧？
說什麼傻話！不管妳外表是什麼樣子，都還是妳啊！
老公！我好感動！
人家也還能變來變去喔——！
現在這樣子肯定好很多吧。
畢竟人各有所好嘛……尤其是段老師……
呵呵呵呵！她變得更像人類了！這是奪走老師的大好機會！
不過，女王好像也放棄，「夜魚」不再過來了。這樣不是很好嗎？
也是啦。胃之頭町最近也沒發生什麼大事……

啊！
什麼？
妳看！是人頭！和垃圾丟在一起！
眞的耶！還有手和腳！
怎麼辦？該報警嗎？
慢著！這種東西不是隨隨便便就撿得到的！
我們帶回去吧！也給町子和早苗看看。
就這麼辦！那我拿手腳……
這次要好好取名字。叫「首助」如何？
好土啊！叫「潤一郎」啦！
今天的胃之頭町也很和平呢（笑）。

不倒翁——
跌倒了！
不倒翁……
跌倒了！
出現啦——！

烏賊井編輯的猶疑

烏賊井編輯的猶疑

「鬼怪特輯」？
是《嘔爛文學誌》增刊號的主題。最近鬼怪類的話題不是很熱門嗎？
這次我還負責攝影取材……
請用茶。
啊，謝謝。
夫人最近是不是臉變小啦？
有這回事嗎？話說回來，爲什麼攝影取材要找我呢？
我本來想前往京都或四國，但最近經濟不景氣，拿不太到經費。想說乾脆就近取材……
老師對妖魔鬼怪很有研究吧？
這個嘛……就算你說就近取材……
ビチ
ビチ
您有什麼點子嗎？該不會就在身邊……

（啪噠　啪噠）

妖魔鬼怪哪可能俯拾皆是。啊，對了！「七大不可思議」之類的題目如何？
七大不可思議？
以前不是流傳過「本所七大不可思議」和「千住七大不可思議」嗎？胃之頭町也有類似的七大不可思議傳說喔。這點子不錯吧？
狐火
置行堀
喔？原來胃之頭町也有七大不可思議啊？聽起來好像不錯。
對吧？我也一直很有興趣，我就和你一起取材吧。
咦？但您還有本刊的稿子……
安啦安啦！稿子寫得很順利……
就當是工作之餘的消遣……來！我們出發吧！

所以說，胃之頭町的七大不可思議是什麼？
其實我也不清楚傳說的內容，去問問可能知道的人吧。
七大不可思議嗎？
第一個就是「股毛神社的黑毛怪」了吧。接著是……
對了，我寫下來給你們。
聽說最好第一站先去股毛神社，之後才會順遂……
股毛神社
這裡就是股毛神社，據說也被稱爲「鬼怪神社」。
喔？很符合這次特輯主題呢。

這座神社有一棵巨大的銀杏樹。七大不可思議的第一個傳說，好像就是黃昏時樹下會出現奇怪的東西。
黃昏嗎？那還有一點時間。
總之先拍張照片吧。
照片也是你負責拍攝嗎？
畢竟取材經費很少嘛……
對了，來問問社務所吧。
請問……您知道七大不可思議傳說嗎？
如果要巡訪七大不可思議的景點，這裡有參拜集章卡。
還有這種東西啊？
最好連神札(註)也一起買下，否則會遭惡靈作祟。
不了，我不需要神札。請給我集章卡就好。
集章卡三百圓。
這裡真的會出現奇怪的東西嗎？
是的。應該差不多要出現了。

（註）神札：日本神道教用語，意指神社發行的神符，一般會供奉於家中神棚，以祈求平安。

她語氣
好平淡啊，
眞的會出現嗎？
啊！
不倒翁……
跌倒了。

不倒翁……
出、出現了……？
七大不可思議之內
股毛神社的黑毛怪
他在做什麼啊？
是「不倒翁跌倒了(註)」。
我看得出來。但他在和誰玩呢？這裡沒有其他人啊。
跌倒了。
總之拍張照片吧。
好主意。

(註) 不倒翁跌倒了：一種團體遊戲，玩法類似「一二三木頭人」。

烏賊井編輯的猶疑

跌倒了！
（啪擦）
不倒翁……
跌……
哇啊！
倒了！
不倒翁——……

哇啊——!
嚇死我了!明明離黃昏還早,妖怪卻大刺刺地現身了。
第二個七大不可思議是什麼?
狸囃子。(註)
狸囃子?也是很典型的傳說呢。
沒錯。聽說從前這附近有鬱狀寺、躁狀寺兩座寺廟。雖說現在鬱狀寺只作為車站名和地名,但躁狀寺還保存至今,過去還傳聞會聽見狸囃子的聲音。
思議之內
躁狀寺的狸囃子
躁狀寺的狸囃子啊。鬱狀寺為什麼消失呢?
可能是陰氣太重了吧?
寺狀躁

(註)狸囃子:流傳於日本各地的怪談。囃子原意爲傳統藝能演出時的伴奏樂器。狸囃子即爲夜晚會聽見的怪異演奏聲,因無法判斷聲音從何而來、是誰在演奏,傳聞是狸貓的惡作劇。

你們在巡訪七大不可思議景點嗎？哈哈哈！可惜這附近已經沒有狸貓，應該看不到狸囃子囉。
大福帳
但都特地來了，請進寺裡參拜吧。狸貓商品應有盡有喔。
對了！我來幫你們的集章卡蓋章吧。
ポン
（碰）
來，三百圓。
咦？要收錢嗎？
巡訪七大不可思議會被惡靈作祟喔。請購買神札吧。
也順便買個信樂燒狸貓如何？
大福帳
呃……不了……
最好還是買吧？剛才在股毛神社不是沒買嗎？所以才……
咦……？
沒事，這個當擺飾不是滿好嗎？
算了，總之請讓我們進寺裡取材吧。

烏賊井編輯的猶疑

主佛像的臉怎麼長得好像狸貓？
這裡也有許多佛像呢。
這是達摩祖師嗎？
（咚）
不倒翁（註）跌倒了！
哇啊——！

（註）日文的「不倒翁」即「達摩」，形象來自達摩祖師。

我、我還是買神札好了，還有那邊的狸貓……
好的，這尊嗎？
不，請給我最小的……
接下來的兩個不可思議是什麼？
稻田裡的「招手妖怪」和「沒有出口的倉庫」……
「招手妖怪」是什麼？
聽說是稻田裡會出現像小孩子的妖怪，招手誘人過去。
要是走過去，妖怪就會消失不見，然後出現在更遠的地方繼續招手。
七大不可思議之內
招手妖怪
這樣啊……不過胃之頭町有稻田嗎？
現在已經沒有稻田了，但應該還有一些田地，找找看吧。

剛好黃昏了呢。說不定會出現妖怪喔。
請別說了！我不想取材到眞正的妖怪啊……
啊！你看！出現了！
眞的嗎？出現得也太恰到時機了吧。
過去看看吧。
眞的要去？
不過去就不知道是不是眞的七大不可思議嘛！走吧走吧！

哇！真的耶！跑去那裡了……
啊！換到那邊了！
不管怎麼追，都越走越遠呢。結果會怎麼樣啊？
聽說一個回神就會發現自己陷在水肥或河川裡的樣子。
什麼？您要早點說啊。我可不想變成那樣，還是回去吧。
咦？

怎、怎麼回事？不知不覺來到奇怪的地方……這是哪裡？
出口在哪裡？咦!?
簡、簡直像迷宮啊！老師！這裡是哪裡!?
烏賊井，這該不會是第四個七大不可思議，「沒有出口的倉庫」？
那、那是什麼!?
一但踏入就無法離開的倉庫。
據說會一直在相同地方打轉，找不到出口在何方。
七大不可思議之内
没有出口的倉庫

該怎麼辦呢？
據說如果想逃離的話，要隨便拿起一件倉庫裡的東西帶走。
歡迎光臨。
您要買這個嗎？剛好一千圓整。
咦……？
我來幫您蓋章吧。連招手妖怪的份一起……
ポンポン
（碰碰）
總共是一千六百八十圓。
謝謝惠顧——！有空再來。
咦……？欸……？
貓小屋
咦？怎麼會走進了商店……？

結果被迫買下這種東西。您不覺得那間店的小弟長得有點像剛才的招手妖怪嗎？
是錯覺吧？
別管那些了，一次解決兩個不可思議傳說，不是很好嗎？
接下來是什麼？
下一個也在股毛神社。據說明明不是緣日(註)，夜晚卻有攤販出現在神社境內。
然後是「吝嗇屋總管的幽靈」。
七大不可思議之內
吝嗇屋的總管
據傳江戶時代的富商「吝嗇屋」當家以小氣聞名，因為底下的總管吃得太多，一怒之下殺了他。
聽說那個總管的幽靈會現身。
幽靈嗎？比妖怪更討厭啊！
我好恨啊——
那麼就先回去股毛神社吧。
我好恨——老爺——

(註) 緣日：日本佛教用語，意指與神佛結緣之日，據信在緣日前往神社寺廟參拜會更加靈驗。通常在緣日會設有攤販，吸引人潮。

老爺——殺了我啊——
我好恨啊——
眞的有攤販耶。
這樣一來，七大不可思議就找到了五個。

七大不可思議之內
股毛神社的夜市
這次不會再有怪事了吧。
難說喔。誰叫你剛才來的時候沒買神札……
那、那我先去買神札吧。
小哥！小哥！要撈金魚嗎？
好吃的杏桃糖喔！
來根棉花糖吧？棉花糖喔！
要吃章魚燒嗎？

買盤炒麵吧——！
也有烤花枝喔！
來玩釣水球啊！
買個面具吧——！
腳、腳不聽使喚，無法前進……
最好買點什麼喔。不然永遠離不開這條參道。
哪、哪裡不太對勁。您爲什麼老是勸我買東西呢？
沒這回事。
買串烤玉米吧——！
棉花糖——！
哇啊！怎麼會這樣？知道了！知道了！給我棉花糖和炒麵。
也買章魚燒啦——！
撈個水球吧——！
杏桃糖呢——？
撈金魚——！
來打靶吧——！
哇啊——！知道了啦！統統給我來一份。

玩套圈圈嗎——？
烤香腸——！
買尊信樂燒狐狸吧？
茶碗、茶碗！招財貓……！
什麼都好，快買吧——！
老爺——
你、你是賣什麼的？
老爺——把我殺死了——
我、我不需要那個……
啊，這不是攤販。是被吝嗇屋當家殺害的總管。
怎、怎麼會出現在這種地方……
你無視我經過——我就追上來了——
幽靈的存在感太稀薄了，完全沒發現。
我好恨啊——
總、總算走出來了……

咦？
有人在玩
「不倒翁跌倒了」耶。
不是黃昏時遇到的
那個妖怪。
不倒翁……
跌倒了！

咦？
段老師!?
這表示……
哇啊——！
不倒翁……
跌倒了！
ピタッ
(靜止)

不倒翁——……
哇哇哇……！
跌倒了！
ピタッ
（靜止）
老爺——
啊……
動了！動了！
總管動了喔！
可惡——

ヒュン
（嗖）
變成鬼了——
我好恨啊——
老師，到底怎麼了？
也沒怎麼樣，就只是我在拍照時變成鬼了。
不倒翁跌倒了——
不倒翁跌倒了——
不倒翁跌倒了——
不倒翁把我殺死了——
不倒翁把我殺死了——
不倒翁把我殺死了——
莫名就變成別句台詞了。

我來幫您蓋章吧，連黃昏的一起。
對了，您還要買神札吧？總共是一千六百圓。
不了，神札派不上用場了……
取材結束的話，就回去吧……
啊！沒有人在！
老爺——
把我殺死了——
老爺——
把我殺死了——

結果被迫買了一堆東西。啊！杏桃糖請幫我送給克蘇魯妹妹吧。
至少比去京都取材便宜吧？
可是！我只蒐集到六個不可思議啊！最後一個是什麼？
我也不知道。紙魚子沒寫呢。
我問的每個人都只告訴我六個，然後說不知道第七個是什麼。
好奇妙啊，難道這就是第七個不可思議嗎？
只有六個的七大不可思議，也是一個不可思議……
啥……？
第七個？知道啊。
咦？妳知道？
第七個是「鬼屋小說家的夫人」喔。恐怕只有段老師不知道吧。

兩張神札共兩千圓、集章卡三百圓、蓋章……五次？
啊！總管那傢伙忘記蓋章了！
躁狀寺賣了五百圓、貓小屋一千圓，然後是棉花糖、炒麵、章魚燒和……
這次賺得不少呢。黑毛怪幹得好啊。
也、也分點錢給我。
話說那傢伙眞礙眼，該怎麼辦？
別管他，分完錢再說吧。
老爺——把我殺死了——
第七個該怎麼辦……刊在雜誌上還是不太好吧？
要幫您蓋章嗎？

烏賊井編輯的猶疑♣完

犬魔的祕寶

此地是流傳著妖犬傳說的祕境——犬魔岳。冬季期間因大雪封山，嚴禁人類闖入。
正是所謂的連隻小貓都沒影……
連隻小貓都沒……咦……？
老闆，走這邊真的沒錯嗎？
沒問題啦，我們是照地圖走的。
不過暴風雪還真大啊，眼前什麼都看不到。

摘自《貓小屋興榮史》

犬魔的祕寶

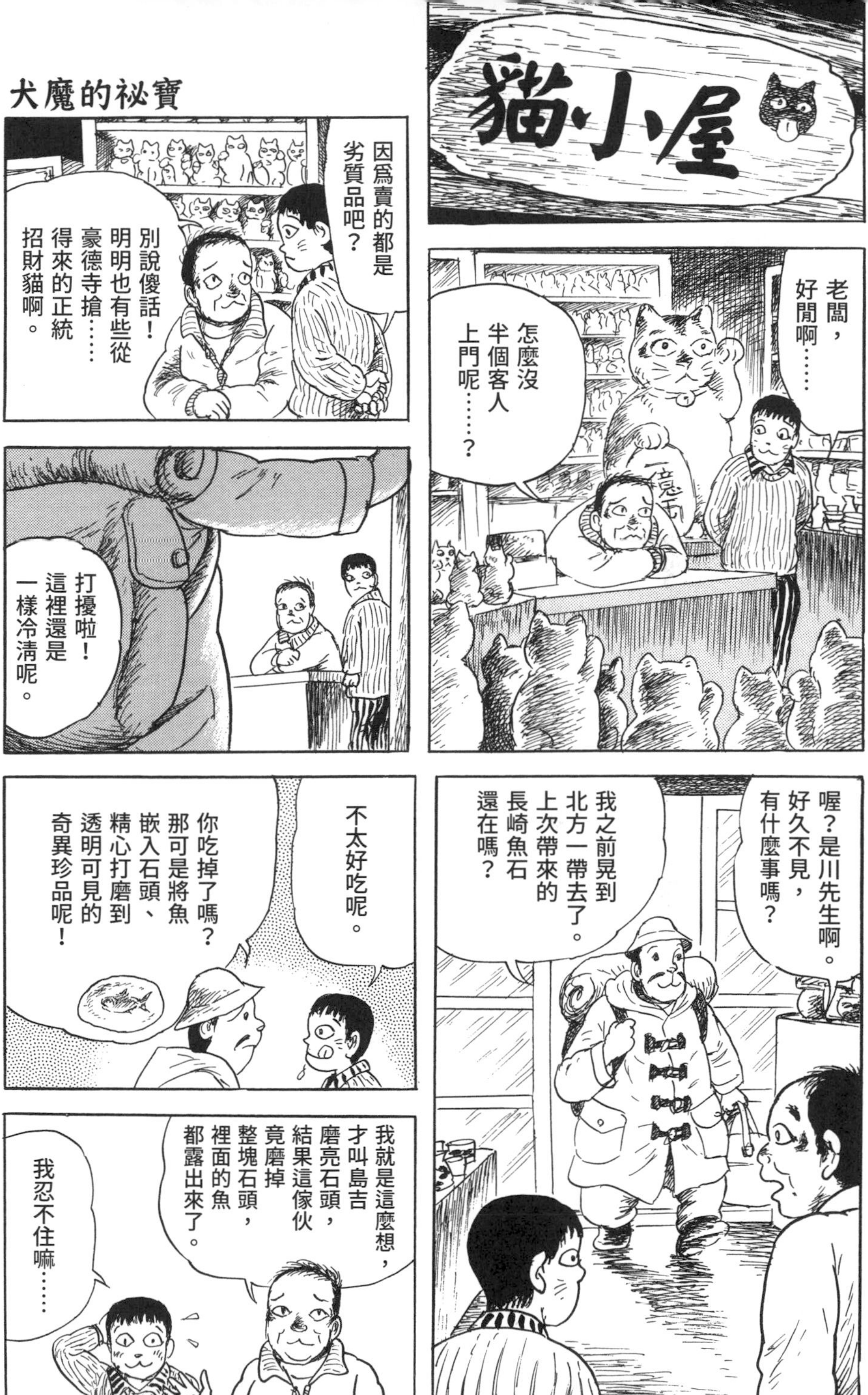

貓小屋
老闆，好閒啊……
怎麼沒半個客人上門呢……？
因爲賣的都是劣質品吧？
別說傻話！明明也有些從豪德寺搶……得來的正統招財貓啊。
打擾啦！這裡還是一樣冷清呢。
喔？是川先生啊。好久不見，有什麼事嗎？
我之前晃到北方一帶去了。上次帶來的長崎魚石還在嗎？
不太好吃呢。
你吃掉了嗎？那可是將魚嵌入石頭、精心打磨到透明可見的奇異珍品呢！
我就是這麼想，才叫島吉磨亮石頭，結果這傢伙竟磨掉整塊石頭，裡面的魚都露出來了。
我忍不住嘛……

你這趟有什麼收穫嗎？
對啦，我從某個古窯遺址挖到寶嘍，是貨眞價實的寶藏！讓你們看看吧。
ザラ
(嘩啦　嘩啦　嘩啦)
什麼嘛！不是碎片嗎？
不要小看它們。從知名古窯出土的東西，就算是碎片也價值連城呢。
上頭還貼著洋華堂(註)的標價貼紙喔。
那、那是不小心混進去的啦。
還有其他好東西喔。這個如何？是左甚五郎(註)製作的「睡貓」！
說這是左甚五郎做的，也未免太粗糙了吧？而且好髒啊……
我會算你便宜的啦！一起包下吧？
我還有其他雜事要辦，東西就先寄放在這啦。
賣不出去的小垃圾又增加了呢。
眞是的……那隻水獺拿來的都不是什麼好貨色。哪裡找得到更像樣的古董商品呢？
去「付喪堂」找就有喔。
嘖！提什麼付喪堂……
對耶！去付喪堂不就好了嗎？

(註) 洋華堂：日本知名的連鎖綜合超市。

(註) 左甚五郎：相傳是活躍於江戶時代的雕刻名家。據傳現今留存於日光東照宮迴廊的「睡貓」即出自左甚五郎之手。

付喪堂
ガタガタガタ
（喀噠　喀噠　喀噠）
啊！是貓小屋的傢伙……來我們店做什麼？
（招手　招手）
クイクイ
コロコロ
（滾動　滾動）
太好了，一切順利！
（貼上）
ペタペタ

嘿嘿嘿，貼上付喪神封印符後，你們就逃不出來啦！
老闆！計畫成功！
（咚　咚）
ポンポン
咦？這個味道是……
クンクン
（嗅　嗅）
ゴロゴロ
ゴロゴロ
（呼嚕呼嚕　呼嚕呼嚕）
果然是你們幹的好事！東西我就收回啦。
慢著！這隻怪貓不是我的！

啊！可惡……竟然趁我們吸貓草吸得忘我的時候搶回商品！
喂！你快醒醒！
啊！連我們家的商品都……
咦？這不是川先生拿來的睡貓嗎？
ポロ
（啵）
哇！掉下來了！這非得買下不可了！
……咦？這是……
什麼啊？本來就是可拆式的設計啊？裡面好像裝了什麼……
哇啊！抱歉抱歉！不小心和股毛神社的神主聊得太起勁……
咦？你們在看什麼？
哎呀！這個是……!?

等春天再來不是更好嗎？
那隻水獺影印了地圖呀！他肯定也賣給了付喪堂，可不能讓他們早我們一步。
這是寶藏的地圖！
寶藏!?
川先生！你說的是眞的嗎？
絕對不會錯。這地圖藏在睡貓之中就是鐵證。
說到睡貓就想到日光。說到日光不可不提日光東照宮……
而東照宮正是家康的靈廟。這就是德川家的藏寶圖，不會錯的！
但是老闆竟然相信了那種粗淺的推理……
你聽完後不也嚷著要來嗎？
我哪知道是這種雪山啊。
啊！前面有人。

停、停、停、停不下來……！
紙魚子！妳要張開腳……打開滑雪板的後面！
張開腳嗎？
ガバッ
這樣？
(跨)
ドシャーーッ
(唰——)
紙魚子！妳還好吧？
沒、沒事沒事……
是栞姊姊她們。
這裡是滑雪場呢。
滑雪場想必有纜車吧。

(註)都都逸：流行於日本江戶末期的俗曲形式。基本上遵從「七・七・七・五」的音律，也有「五・七・七・七・五」的格式。此處遵循原文

啊！看哪！是山中小屋。
太好了，撿回一條命啦。還以爲眞的要遇難了呢。
山中小屋還有暖桌，眞是謝天謝地啊。
哈哈哈，冬天就是要待在暖桌嘛。
對了，這附近有極樂之地嗎？
哈哈哈！要是沒有這座小屋，你們現在就身處極樂世界嘍。
（呼嚕呼嚕 呼嚕呼嚕）
啊——眞暖和！眞暖和！
ゴロゴロ
冬天還是暖桌最讚！
ゴロゴロ
（東翻西找）
ゴソゴソ
嘿嘿嘿，找到啦。
喂！你在做什麼！

糟啦！被發現了！
哇啊！這不是山中小屋！是雪屋啊！
啊！那傢伙是狸貓！他偷走地圖了！
ドシャッ
哇啊！
(嘩啦)
別跑——！
島吉，你往那邊堵他！
收到！

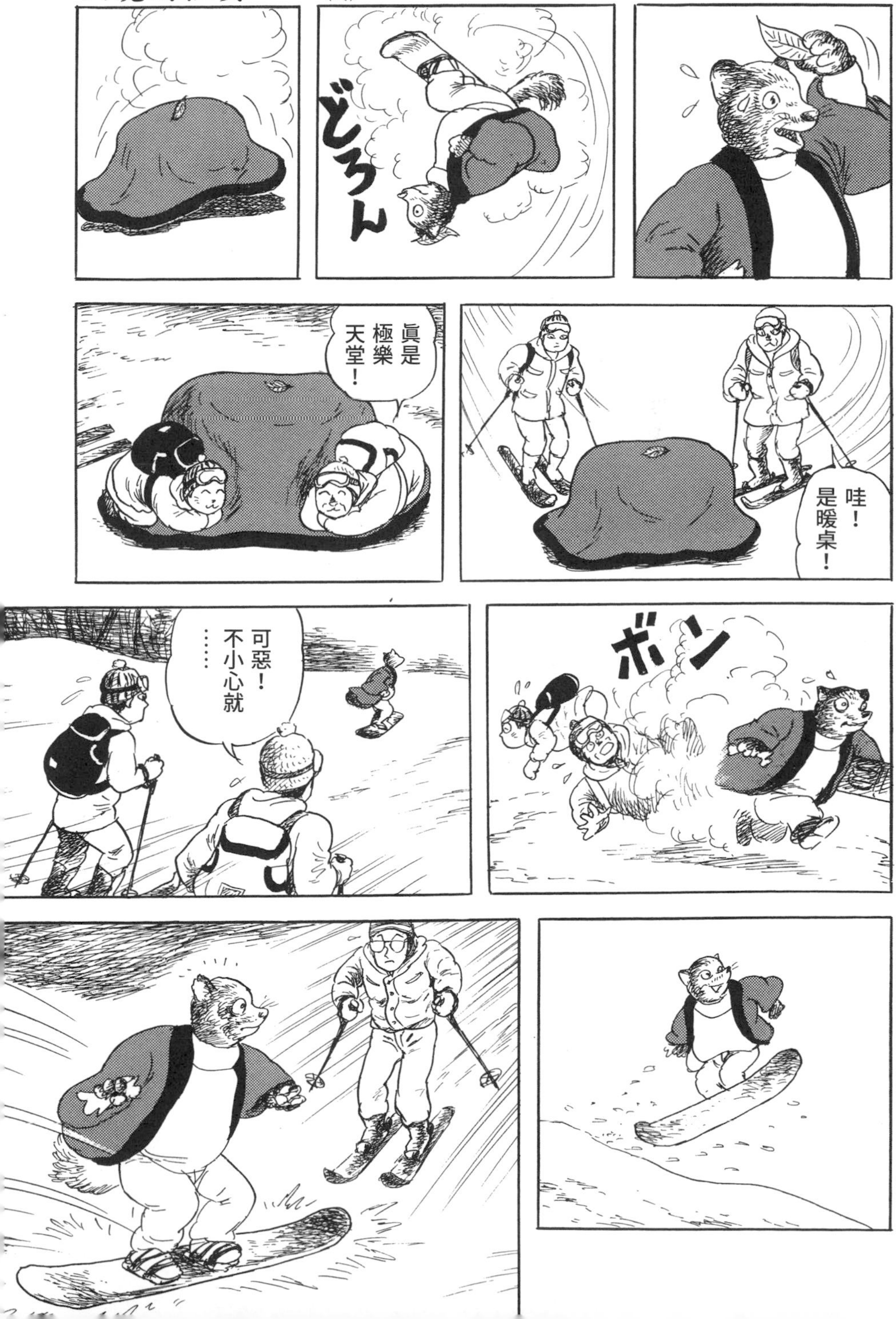
どろん
(咚)
哇！是暖桌！
眞是極樂天堂！
ボン
(碰)
可惡！不小心就……

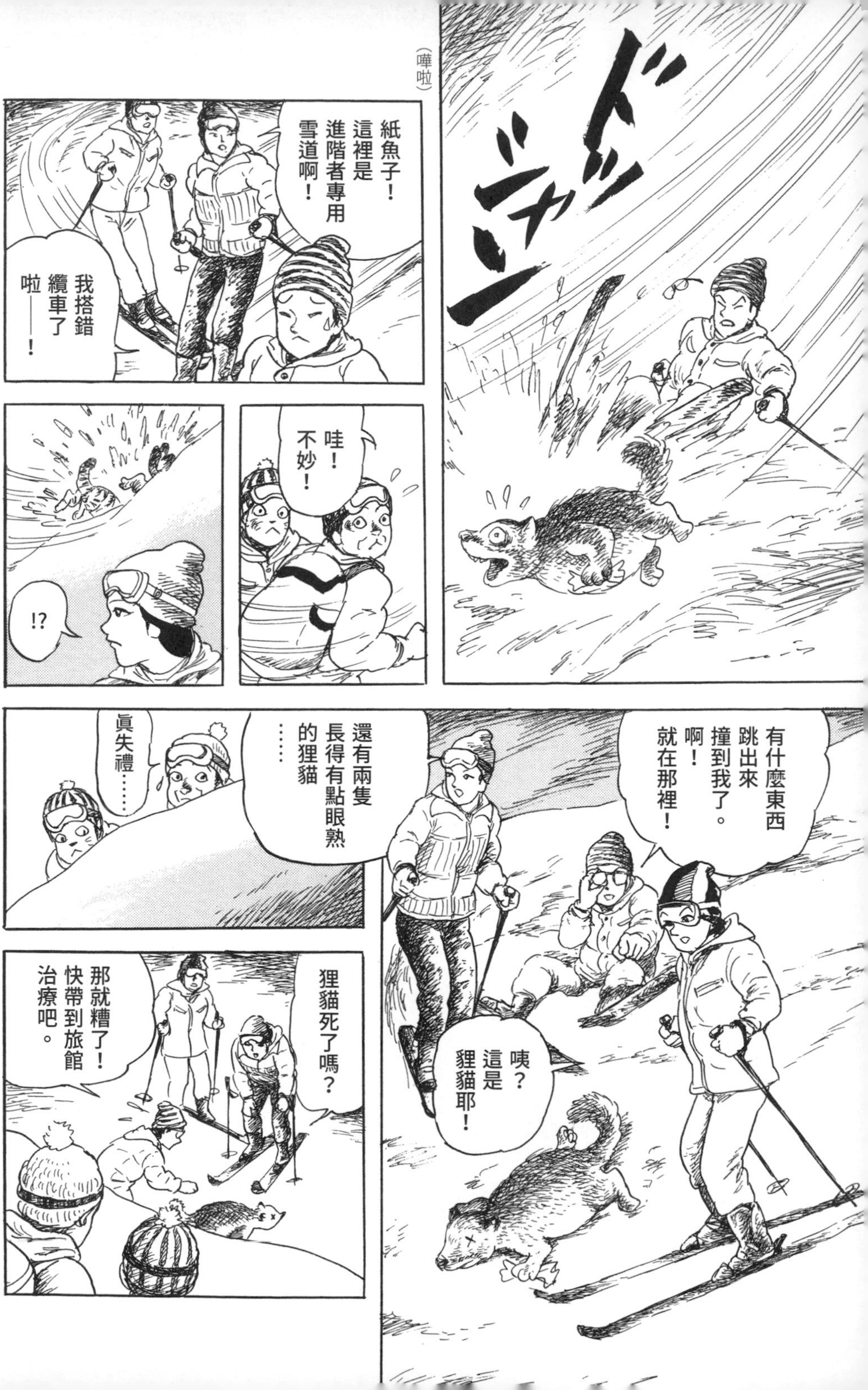
（嘩啦）
紙魚子！這裡是進階者專用雪道啊！
我搭錯纜車了啦——！
哇！不妙！
!?
有什麼東西跳出來撞到我了。啊！就在那裡！
咦？這是狸貓耶！
還有兩隻長得有點眼熟的狸貓……
眞失禮……
狸貓死了嗎？
那就糟了！快帶到旅館治療吧。

狸貓好像沒什麼大礙。
太好了——！
等牠康復後，我會再放回山裡。
對了！我們去泡露天溫泉吧！
我全身痛死啦，腳也好痠——！
眞是極樂天堂！
老闆明明是貓，卻很愛泡澡呢。
我是怕水沒錯，但溫泉另當別論。啊——眞舒服！
溫泉是挺好的，不去搶回地圖沒關係嗎？
晚點再說吧。反正那隻臭狸貓已經軟癱在籠子裡啦……
還眞悠哉呢。寶藏眞的存在嗎？
這個嘛……畢竟是那隻水獺說的……

德川家康的寶藏？
沒錯。據說是家康原本藏在日光山中的軍備資金，以備不時之需。後來到綱吉當家時，家臣堀田正俊將寶藏移至他處。
爲什麼這麼做？
當時的綱吉將軍打算動用那筆錢。
明曆年間的大火災後，德川幕府爲了修復城堡和其他興建工作，已耗費碩大資產。
緊接著來到元祿年間，時代風氣漸趨奢侈，幕府的財政也陷入困境。
然而，堀田正俊畢竟身爲耿直的家臣，不允許如此挪用德川家的軍備資金，便瞞著將軍將寶藏調換至他處……《川宇會家略記》是如此記載的。
川宇會家？
德川家的譜帶家臣，也是我的祖先。
這個傳說是眞的嗎……？
當然是眞的。證據就是堀田正俊不久便在宮廷中遭到暗殺。
不但如此，綱吉同一時間也取消了參拜日光東照宮的行程。
總覺得從他提到川宇會家的部分起就有些可疑……
但老闆還是決定來找寶藏了吧？

總之當前的首要任務，是拿回地圖吧。
話雖如此，連那隻狸貓都虎視眈眈，看來說不定是眞的。
好耶——！露天溫泉！露天溫泉！
不是男女混浴吧？
不是吧？反正現在也沒其他人。
是老闆家的栞姊姊她們耶。
哇喔……
雪中的露天溫泉，眞是別有一番自然風情啊——！
啊——！眼鏡起霧了。
不准偷看！
讓我想到，之前也在學校的校園裡泡過溫泉呢。
不要混爲一談啦！
紙魚子，妳在看什麼？那是什麼紙？

是剛才那隻狸貓身上的紙。很有意思喔。
上頭寫著「德川家祕藏軍備資金」，連地圖都有呢。
什麼什麼？軍備資金？
就是所謂的德川寶藏吧？地圖還標示出了寶藏的埋藏地點。
爲什麼狸貓身上有這種東西啊？
天曉得？總之我來念給妳們聽吧。
「如欲將極樂於妖鬼全沒之時收爲囊中物背向龍蛇棲身處走往黃泉不歸路」
什麼？和歌嗎？
是什麼意思？
是暗號喔。
「全沒」想必就是「犬魔」吧。極樂是指什麼呢？
不就是這座溫泉嗎？
哈哈，肯定就是吧。
那「背向龍蛇棲身處，走往黃泉不歸路」呢？
可能是暗示方位吧？「龍蛇」是「辰巳」，也就是東南方。
背向龍蛇，所以是反方向的戌亥……就是西北方。
原來如此。

「走往黃泉不歸路」的意思呢？
這我就不清楚了。
反正一定是有人惡作劇吧？讓我看一下。
啊！不行！會弄濕的！
（招手）
啊……？
（啪）
パシッ
什麼!?
呀！有其他人!?
喵——
爲什麼貓會泡溫泉啊？
ドサドサッ
（噗通　噗通）
哇啊！
是貓啦！

眞的是貓啊？
溫泉勝地的貓也會喜歡泡溫泉呢。
眞是太幸運了。
紙魚子姊姊甚至幫我們解開了暗號呢。
這種地方竟然有吊橋。
對岸可能有什麼吧？
姊姊剛才說西北方，溫泉的西北方，正好是這座吊橋的對面。
明天再去啦。
我等不到明天了，稍微看一下就好。

鳥居在這種地方嗎……？看來有神社。
有狐狸呢，是稻荷神社吧？
快看！是德川葵紋！這裡果然很可疑。
說是狐狸，臉卻很奇怪呢。長得好像狗啊。

於犬權現社
「於犬權現社」？
犬魔岳的戌亥方位有於犬權現嗎？
犬來犬去的，我最討厭狗了。快回去吧。
不用擔心，狗在冬天都待在狗屋啦。
眞的嗎？我記得只要一下雪，狗都會喜孜孜地跑來跑去啊。
啊！是腳印！絕對有狗！牠們眞的在這裡跑來跑去了！
不要慌張。這應該不是狗啦。對、對了，一定是野生狸貓或其他動物。
狸貓會參拜神社嗎？
狸貓其實很篤信神佛喔。茂林寺的狸貓還當上和尚說法呢。
ギイ
（嘰……）

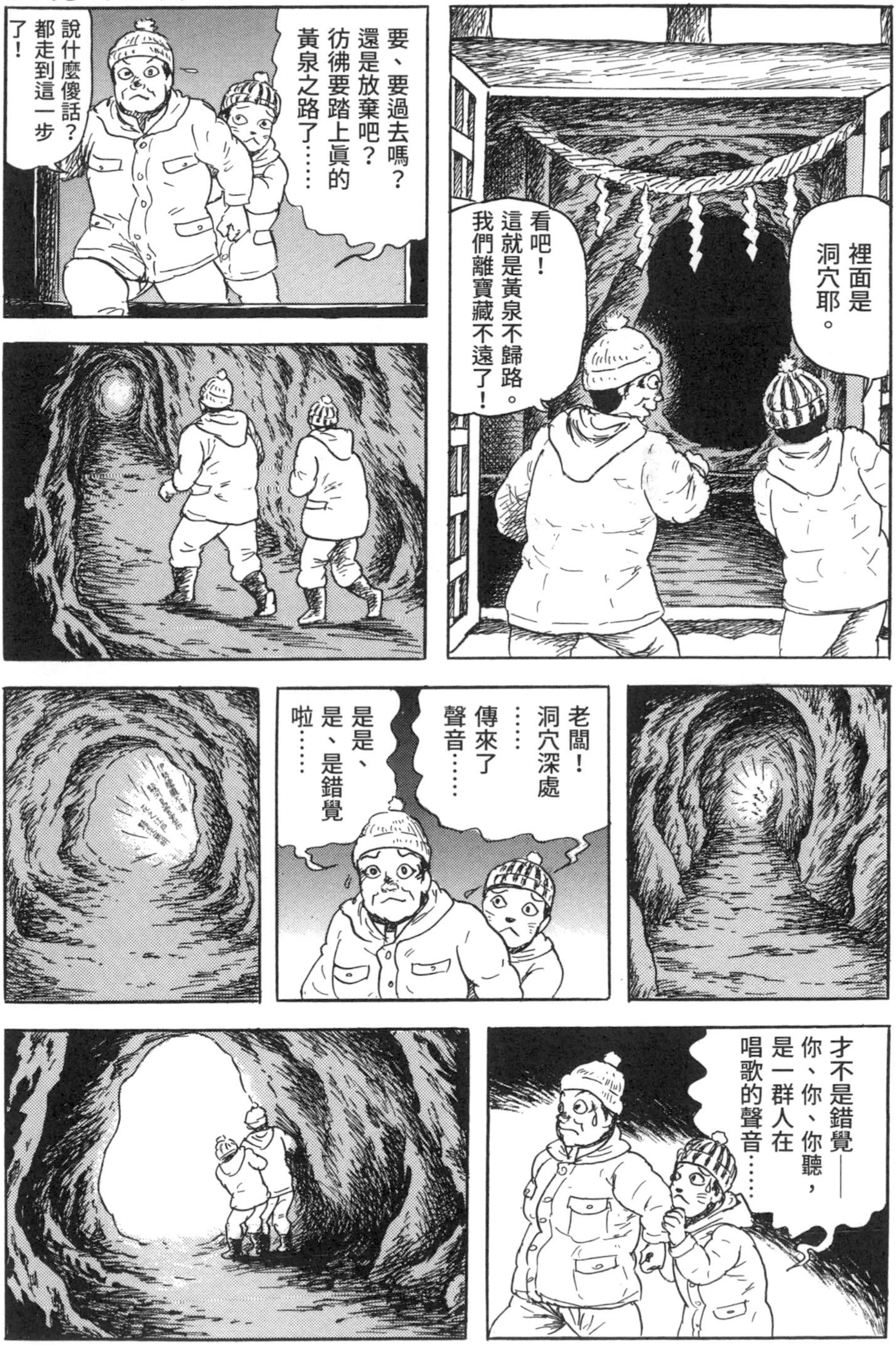
裡面是洞穴耶。
看吧！這就是黃泉不歸路。我們離寶藏不遠了！
要、要過去嗎？還是放棄吧？彷彿要踏上真的黃泉之路了……
說什麼傻話？都走到這一步了！
老闆！洞穴深處……傳來了聲音……
是是、是、是錯覺啦……
才不是錯覺——你、你、你聽，是一群人在唱歌的聲音……

伊勢 朦朧不清
駿河烏雲罩籠
花之江戶 黯淡無明
日光之事 你可知情？
嘿、唱！當然知情！
大將軍綱吉 自中野撤離
一座座狗屋 化為塵土
不往日光 也無妨？
嘿、唱！當然無妨！
那、那……那是什麼!?
看來是妖犬，我們好像闖入不得了的地方了……
我、我剛才就說了啊。快點掉頭回去吧。
啊！有人從入口的方向過來了！

（沙沙沙沙）
クンクン
（嗅嗅）
有股貓味……沒錯，是貓的騷味……
喂！這裡是不是有貓啊？
哈哈哈！鼻子眞靈敏！
波奇十郎在溫泉的垃圾場捉到了野貓。我們正在吃貓肉鍋呢。
喔？原來如此！眞挑對時間回來了。也讓我嘗嘗吧。
最近的野貓又肥又胖，看來吃得不錯喔。
畢竟溫泉旅館的廚餘很營養吧！

前陣子還丟了整尾生魚片進垃圾桶呢。
搞什麼？你該不會連廚餘都撈吧？
不是的……只是偶爾……而已……
戌右衛門，你就饒了他吧。現在和我們受將軍大人恩惠的時代不可同日而語了啊。
當時眞是幸福啊。連人類看到我們都戰戰兢兢……
眞懷念在中野狗屋生活的日子……
爲了早日回到當時的榮景，我們要更加努力啊！
沒錯，必須爲了未來儲備精力……
等時機一到，就挖出此處的寶藏……
喂喂喂！別說漏嘴了啊！
哎呀！我眞是粗心！
往日光也無妨？
嘿、喝！
當然無妨！

喔？好像要天亮了……
稍微睡一下吧？
動作快！趁現在！
哇！找到啦！
老闆！是寶藏呢！
好重啊！想必滿滿都是金幣吧？
眞的呢，沒辦法一次全部拿走。
總之拿得動的盡量拿，再把泥土蓋回去。這樣就不會被發現了吧。

（鏘啷　鏘啷　鏘啷）
ガラン
ガラン
ガラン
ズボッ
（噗通）
（唰）
被發現了！
快逃！

ガゥ
ガゥ
ガゥ
ガゥ
(汪汪汪汗)
老闆竟然能抱著甕爬到樹上。
這是我拚死得來的寶藏，怎能說丟就丟？
哇啊……牠們打算爬上來耶。
停……停下來啊——！
ズシャ——ッ
(唰)
紙魚子！
哇啊！

呀啊——！
喂！這裡不是滑雪場啊！
紙魚子走錯路了啦！
等等，有狗！
貓咪被牠們追到樹上了！
（噗咚　噗咚）
呃……牠們該不會是野狗吧？
滾開！

大叔！謝謝你救了我們。
妳們沒事吧？
眞是的……不愧是名爲犬魔岳的山，連冬天都出現野狗……
這個甕是什麼？
上面印著德川葵紋呢。
這是藥盒吧？紙魚子！該不會是德川家的寶藏？
是水戶黃門來這裡出過外景嗎？
德川家的寶藏？這一帶確實有這樣的傳說……
說不定是金幣喔！快打開看看！
ザラザラザラ
(嘩啦 嘩啦 嘩啦)
什麼啊？是骨頭！
骨頭!?

哈哈哈哈！雖說是德川家的寶藏，但指的是德川綱吉啊！
德川綱吉？就是以「生類憐憫令」聞名的犬將軍嗎？
什麼嘛——！
傳說與德川綱吉有所因緣的狗兒化成妖怪，就棲息在這座犬魔岳守護著寶藏呢。該不會寶藏指的是牠們吧？
可惡的水獺——！亂說一通……
那隻貓的尾巴……好像波里斯啊……？
哎——早知道就待家裡窩暖桌了。
但我在旅館廚房也撈到不少生魚片喔！你看！

犬魔的祕寶♣完

胃之頭町
的訪客

好晚了啊……
咦？馬路上有東西……？
呀啊……
ジロッ
（盯）

ジャー
（嘩——）
トントントン
（噠噠噠）
ピョン ピョン
（跳跳）
那是什麼……？
明天總算要用上它拍片了。

上次的怪物道具被演員一個飛撲弄壞了，這次就改良成遙控操縱手臂啦。
根本就是羅傑科曼(註)的世界啊！
(盯——)
ジ～
咦？有什麼東西？
好！就拿牠來練習！
(嘰——)
(沙沙沙)
サササ
噗哧！牠嚇得逃跑了！
但那究竟是什麼啊？
最近，學校又冒出奇怪的傳聞……

(註) 羅傑科曼（一九二六－）：美國獨立電影導演、製片。以拍攝低成本B級片和愛倫坡改編作品聞名。

是眞的啦——！
簡直是妖怪蟲子版本的將軍出巡——！
應該是百鬼夜行吧？
將軍出巡？
蟲子的百鬼夜行……？
不過它們看起來也像器皿，說不定眞是如此喔。
紙魚子，妳怎麼會知道？
我也看到了。雖然不是百鬼……
這麼說來，我在家做料理的時候……
ジー
(町——)
ひょい
(咻)
ササ
(沙沙)

從那之後，每到用餐時間時總有茶碗或盤子出現，我會奉上一些供品。
供品？
它們應該是哪來的神靈吧？
是、是這樣嗎……？
然而，傳聞似乎不只來自學校……
パク
（咬）
（瞪）

付喪堂
カタ
カタ
カタ
カタ
(喀噠 喀噠 喀噠 喀噠 喀噠)
鼾鼾——
呼嚕呼嚕
貓小屋

(沙沙沙沙)
サササササ
喵——
怎、怎麼了？
這東西能吃嗎？
シュッ
(咻)

最近都沒看到姆爾姆爾呢。
段老師家的院子倒是不少喔。
カァ カァ カァ
(嘎嘎嘎)
不覺得詭異嗎？明明段老師的太太看到姆爾姆爾就會抓來做佃煮啊……
烏鴉好吵啊。
現在是牠們回巢時間吧？
姆爾姆爾越來越少了，是爲什麼啊？
妳看，連鬼虎小姐都……
難道不是被她吃光了嗎？
不只姆爾姆爾，總覺得連貓狗都漸漸變少了。
是嗎？
說到這個，波里斯這陣子老是待在外頭，眞讓人擔心。
因爲牠工作很忙吧？
什麼工作？

老闆，水獺最近都沒來鋪貨呢。
喵——
是啊。不如我們偶爾也出門找商品吧？
咦？又是奇怪的……
這次一定要逮住牠！
啊！還有一隻。
ガタッ
（喀噠）

喵——
喵——
喵——
喵——
喵——
喵——
喵——
哇！怎麼回事!?
(噠噠噠噠)
哇啊！哇啊！
哈——！

總、總算消失了……
那些到底是什麼？
哇！可惡！店裡變得一團亂！
我知道了！是付喪堂幹的好事！罪魁禍首絕對是付喪堂！
喔——！感覺不錯喔！
好！開麥啦！

呀啊——！
喂！妳這樣不行啦！這可是遭怪物攻擊的戲耶！
但怪物又沒有攻擊過來。
它的腳不能動，妳要自己主動讓它襲擊。
什麼嘛！這不就和羅傑科曼沒兩樣嗎？
別亂說！這可不是廉價道具，是機械工程學喔。
呀啊——！
ガバッ
(抓住)
ピョン
ピョン
(跳跳跳)

哇！這是什麼!?
喔！魄力十足！太讚啦！
バリバリ
劇、劇本上沒這一段啊？
(嗶哩 啪啦 嗶哩 啪啦)
ビリ ビリ ビリ
呀——！討厭！
(嗶哩 嗶哩 嗶哩)
讚啦！繼續拍！繼續拍！
等、等一下，這樣不好吧？電影分級⋯⋯
哇啊——！
付喪堂
我就說不知道了！你來找碴的嗎？

別想裝傻！你明明清楚是你店裡的妖怪茶碗跑來我們店搗亂吧？
不要亂說！
是哥布林的店長。他們好像在吵架。
講道理也沒用！上吧！水晶骷髏（玻璃製）！
我才不會輸給你！古伊萬里（贗品）！
這東西不錯，趁現在……
快挑一些不會變成妖怪的古董帶走。
我分辨不出來啦。
好痛啊！

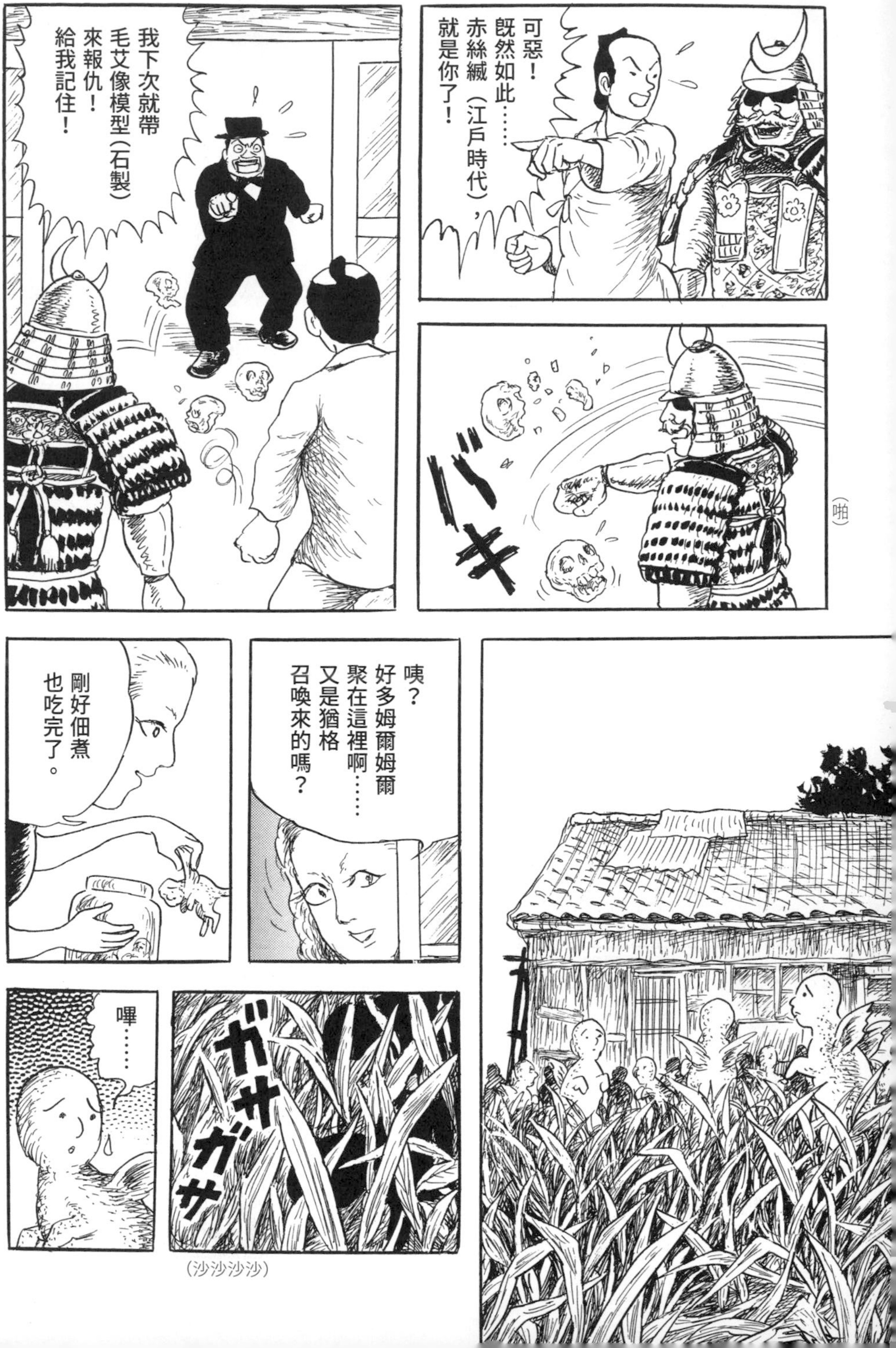
可惡！
既然如此……
赤絲縅（江戶時代），
就是你了！
バキ
（啪）
我下次就帶
毛艾像模型(石製)
來報仇！
給我記住！
咦？
好多姆爾姆爾
聚在這裡啊……
又是猶格
召喚來的嗎？
剛好佃煮
也吃完了。
ガサガサ
（沙沙沙沙）
嗶……

ガブ
(咬)
ピー
ピー
ピー
(嗶——嗶——嗶——)
怎麼了？爲什麼姆爾姆爾都逃來這裡……？
ヒョイ
(撈)
沒見過的生物呢，也不是從老家過來的……
ぱくっ
(吞)
吃起來還可以，做成佃煮試試吧。
ぷっ
(噗)
スパ
(唰)
眞是大豐收！拿來醬煮或醃漬好像也不錯。

哥布林
ブウウ…
(噗噗……)
喵……？

貓小屋
老闆，路上的氣氛不太對勁耶。
平常巡地盤的阿虎和小黑都不見了。
不但看不到其他野貓的蹤影，連路上散步的狗也變少了，而且都縮著身子發抖呢。
哪裡不對勁？
難道是製作三味線(註)的人來抓貓了？晚上聚會時再去探聽情報看看？
不只是貓狗，哥布林店長也在卡車堆滿行李、慌慌張張離開了。
哥布林？真的嗎？
店終於倒閉了啊？
簡直像趁夜潛逃……雖然是白天啦。

(註) 傳統三味線的琴面是用貓皮所製。

這樣啊？看來是個好機會。
老闆，你在想什麼？
這些怪東西代替姆爾姆爾還不錯呢。
呵呵呵呵，儘管來吧！越多越好！
スパ
スパ
（唰唰）
煮成火鍋之外，也想試試生吃或薑燒呢。
只是和姆爾姆爾比起來，外殼的部分多了點，吃起來很麻煩啊。
算了，就當在吃螃蟹……
ガサ
（沙沙）

由於私人原因，
本店暫時停業。
哥布林店長
喔！後門沒鎖。
老闆！這樣和小偷沒兩樣啊。
我只是來勘查競爭對手的經營狀況而已。
好耶！我想得沒錯，果然有些東西忘記帶走啦。
可是上頭都有被什麼咬過的痕跡呢。
總會找到一些值錢貨吧？

原來還有
漏網之貓啊。
竟敢吃了
我的手下，
眞是傷腦筋
啊。

看來這隻螃蟹能讓我飽足一頓呢。
（嘩）
（鏘）
貓小屋
老、老闆……我們也趁夜逃跑吧。
說什麼傻話。怕那種小蟲還做得了生意嗎？

（喀哩喀哩
喀哩喀哩喀哩）
（喀哩喀哩喀哩
喀哩喀哩
啪哩啪哩
喀哩啪擦啪哩
喀哩喀哩喀哩）
（喀噠喀噠
喀噠喀噠）
（碰——）

最近一直發生怪事耶。波里斯昨晚也沒回家……
聽說有人家裡養的貓不見、或是狗狗變得不想出門散步。還有啊，町內的烏鴉都消失了……
這麼說來，鬼虎小姐好像又失蹤了。海老名編輯在找她……
胃之頭町是不是發生了大事啊？
什麼大事？
嗯——我想到了……
什麼？
我有個網友住在腸腑市，半年前左右，她開始寄許多奇怪的信來。
同樣是家裡養的貓不見、路上的貓狗消失，還有稻荷神社遭到破壞等……
咦……除了稻荷神社，都和這邊的狀況很相似呢……
她還寄了這張照片來，說在路上看到詭異的生物。
妳們看，就是這個。
KUKA
眞的耶！和我看到的一樣！
後來怎麼解決的呢……？
我下次問問看。

這裡就是先鋒部隊被做成佃煮的地方嗎……？
嘰喳嘰喳嘰喳？
哼哼，老子一個人就能應付。叫大足去空地玩耍就好。
喂！有人在嗎？
哎呀，請問是哪位？
老子是這些傢伙的長官大頭將軍！
我們家不需要訂報紙喔。
老子不是來推銷報紙的！老子的手下好像受妳照顧了啊？

手下是指……？
你們這些傢伙！想逃去哪？
老子說的是被妳醃在味噌裡的傢伙們！
這個？
您是來推銷醃漬食品的嗎？
不是！是來叫妳不准醃漬老子的手下！
難道這就是之前電視上說的……擅自寄商品來、再要求高額費用的詐欺推銷？
這是我在院子裡抓到的。但如果是您的東西，我還給您就是。
誰要被味噌醃過的手下啊！
因爲老是做佃煮也膩了，想說換個口味。很美味喔。

這些是貴公司的職員嗎？
幹麼打量老子的臉和空瓶！
哎呀，眞是抱歉。我絕不是在想是不是裝得進這瓶子裡……
不能用普通的方法對付這女人。少看不起老子！
手下的仇就算了！老子要除掉妳這礙眼的傢伙！
公主殿下馬上就要來了……
比臉大我是不會輸的。
妳、妳、妳這傢伙……！老子叫大頭將軍，可不是臉大而已……

ボン
（磅）
喂！你們！給老子一起上……
哇哈哈哈哈！
ガブガブガブガブ
（咬咬咬咬咬）
ムニュー
（拉長——）
哇哈哈！哇哈哈！

克蘇魯！快住手。客人說不能拿他朋友來醃漬喔。
哇……
シュルルル
（縮回）
（啵啵啵）
眞是抱歉。爲了聊表心意，請收下姆爾姆爾佃煮。這也相當好吃喔。
喔……這、這樣啊……
……算了……這、這次就放過她們……
嘰喳嘰喳？
喂……波里斯老闆……？
店員小弟……？不在嗎？
嘰喳嘰喳

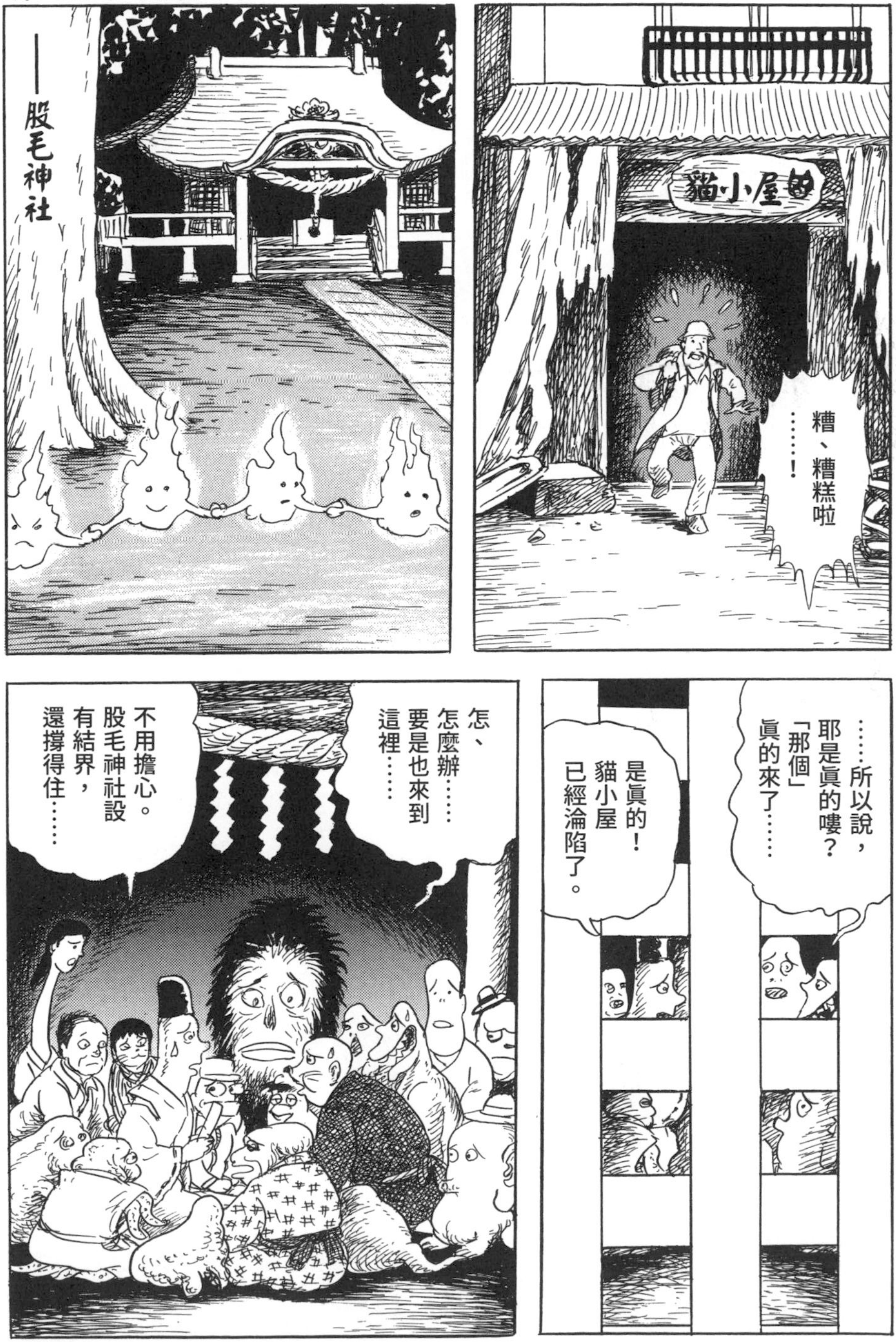

——股毛神社
貓小屋
糟、糟糕啦……！
……所以說，耶是眞的嘍？「那個」眞的來了……
是眞的！貓小屋已經淪陷了。
怎、怎麼辦……要是也來到這裡……
不用擔心。股毛神社設有結界，還撐得住……

這是結界。
這是結界。
不要動
前面是
結界。
這是結界。
先生，
這是結界。
好好好，
借過。
哇——
請不要
跨進來
結界。
喂！
神主在嗎？
呀啊！
是誰!?
什麼啊，
原來是川先生。。
不要嚇我們啊。。
大家都聚在
神社啊？
難道「那個」
來胃之頭町了
嗎!?
似乎沒錯。
所以大家才
集合起來
討論對策。
要和「那個」
開戰嗎？

逃、逃走比較好吧……？
說什麼傻話！要棄這座神社不顧嗎？
產土神(註)怎麼可以逃跑啊！
原來是產土神嗎？
只是妖怪吧。
說到底，那些傢伙究竟是什麼？
……我也不太清楚。
他們從某天開始到處集體發動攻擊，據說最初是針對我們這樣的存在。
爲、爲什麼是我們……？
前陣子那些傢伙襲擊了腸腑市某座町，我從逃出來的狐狸打聽到一些情報。
對方首先派出小蟲般的傢伙作爲先發部隊，是來勘查敵情的。
接著是開路的前鋒部隊——大頭將軍、大足將軍，由這兩個恐怖大將率兵進攻。
啊！就是他！那顆大頭……毀了哥布林和我們店……！

(註)產土神：日本神道教用語，即守護土地的神靈。

他們恐怖又殘暴，
町內的貓、狗、
老鼠、烏鴉和
妖魔鬼怪之流
不是被攻擊殺害，
就是遭到驅逐。
不會攻擊人類嗎？
爲什麼針對動物和我們。
不像人類的人類或知曉他們祕密的人，好像也會遭殃。
聽說是因爲之後會到來的「那個」討厭動物和鬼怪的緣故……
「那個」是什麼？
不清楚。只知道那些傢伙似乎尊稱爲「公主殿下」……
公主殿下？
如果來了會變得怎麼樣？
天曉得……在那之前我們會先被趕跑吧……
這是結界。
這是結界。
都說是結界了！
也讓吾等加入你們吧。
哇啊！出現了！
我明明設了結界啊！

非也、非也！吾等是付喪堂的付喪神，並非那些傢伙。
可是你們應該很相似吧？難道不是同夥嗎？
並非如此。吾等自千年以前業已存在，過去未曾有過那些傢伙。他們是近來才現身的新面孔。
就和愛滋病和SARS一樣。
那些傢伙的做法和付喪神確實不同。
沒錯。吾等聽聞，當那些傢伙的「公主」進入町內，便不再有攻堅士兵。在此之前，讓吾等主動出戰如何？
主、主動出戰……？
這麼說來，傳聞「那個」攻進町內後，會挑選不為人知的地方落居，到時一切就來不及了……
根據吾等獲得的情報，那些傢伙說過「公主」將於明夜到來。
吾等看準的，即是「公主」踏入冑之頭町這一刻。

可、可是……
想當然爾，必有大量護衛軍團隨侍在「公主」身側，但只要兩大將軍不在，多少還是有辦法。以奇招攻克，便能奪得討伐「公主」的先機……
比起困在這裡等待對方上門，這個計策更有勝算也說不定……
可是待在這裡有結界保護……
那個結界有用嗎？
但前提是兩大將軍不在吧？
嗯……正是如此，需要有人擔任引開兩大將軍的角色。
引、引開將軍……
我不要……
……抽籤決定嗎……？
這不是籤詩筒嗎？
抽到大凶就是中獎了。
哇啊！我是大凶！
「貓小屋」和吝嗇屋總管中獎了！
我好恨啊—
老闆，你加油啊。
笨蛋！你也要一起來！
說到胃之頭町裡能與那顆大頭匹敵的人……

波里斯——你在哪裡——？
已經三天沒回家了。雖然紙魚子說過牠也像半隻妖貓，放著不管也沒關係……
但實在放心不下。
咦……？
這是什麼？牆壁上有條發光的線。
好像蛞蝓爬行過的痕跡……

那是……什麼……？
嘰喳嘰喳嘰喳
呀啊！
嚇我一跳。真的遇上妖怪將軍出巡了！
バタッ
（撞見）

啊……是段先生的太太……
哎呀，是栞啊。眞是太巧了。
我收到妳的信了，正要前往會面地點。找我有什麼事嗎？
信？我寫的嗎？
就是這個。
段老師的夫人：今晚十點來兒童公園 栞
這不是我的字啊。「來兒童公園」指的是？
咦？是這樣嗎？這張紙夾在我家門縫裡呢。
我就覺得有點可疑……是誰在惡作劇嗎？
您可以別被這種信騙到嗎？
兒童公園就在附近，直接去教訓對方吧。
太太最近身體變小了呢？
上次被魚吞噬後，我就學會讓身體變小的方法了。這個模樣方便許多呢。

妳們平常也是這樣的吧？
不，我們本來就是這個大小……
太太，往那邊走的話……
等等，剛才的妖怪隊伍也是往公園的方向吧？
（哈——）
啊！是波里斯!?

パッ
パッ
（沙沙）
ドドイイ
（噠噠噠噠）
波里斯！別跑！
ばったり
（停住）
啊！妳這女人怎麼在這裡……!?
寫這封惡作劇信件的就是你吧！
和、和我無關啊！

(嘩——)
是突襲！
快保護公主殿下！
我好恨啊——
公主殿下，請躲來這裡！
哇啊！
呃……我好恨……
大頭！敵軍來襲！

啊！糟了！
慢著！
放、放開老子！
不行！我有話要和你這種詐欺推銷員談談。
老、老子才不是什麼推銷員！
呀啊！
什、什麼……？

ガブ
ガブ
（咬咬咬）
ガブ
ドオーン
（磅）
ガッ
（鏘）
嗚哇……！那個公主到底躲在哪裡!?
ズパーン
（唰）
ガブ
（咬咬咬咬）
ガブ
ガブ
不倒翁……
跌倒了！

好痛痛痛痛！你們犯規啦！
赤絲縅（江戶時代）打輸啦！
對方人太多啦！快撤退！快！
吵吵鬧鬧的……妾身只是想盡早嫁入夫家、安穩生活罷了……選擇這座町是個錯誤嗎……？
是誰……？最近引發這些事的真凶，難道就是這個……？
妾身名喚繭姬。這是妾身的花轎隊伍。
倘若膽敢妨礙妾身，就不幫妳做成繭喔。
公主殿下！您沒事吧……
繭……？什麼意思……？

呀啊——！
啊！妾身的……
（磅——）
呀啊——！呀啊——！
撤退啦！撤退啦！
說教說教說教說教
就、就說是誤會了……
快、快保護公主殿下。盡快讓殿下前往計畫之處……
大足，妾身最重要的……
嘰喳嘰喳
嘰喳嘰喳

是的，
相當抱歉。
對不起……
嚇了我一跳。
已經安全了吧？
波里斯、虎斑貓，
你們還好嗎？
咦？
這是什麼？
我從哪裡
拿來的？
大頭、大足，
快把妾身
最重要的東西
取回來。
如果失去它，
妾身就……
公主殿下，
吾等
必定爲您
取回……
眞是顏面
盡失啊。
在下大頭
將赴湯蹈火
……

繭姬？妖怪蟲子和妖魔鬼怪的戰爭？
這發展太精采了。
是使用奇怪古語的妖怪呢。總之牠們應該就是這些怪事的主謀……
妳帶回來的東西呢？是什麼？
乍看像是顆巨大的枕頭……可能是蟲繭吧？
我也收到腸腑市網友的回信了。她說後來沒發生什麼怪事，貓咪也在兩、三個月後回家了。還說半年前的事情可能是風聲或錯覺吧。妳怎麼想？
但昨天的騷動怎麼看都不是錯覺啊。那位公主還說了要不要做成繭這種話，說不定事情還沒結束……
總之我們今天去一趟吧。先搞清楚那顆枕頭是什麼。
嘿！那邊的小妹妹們。

那位長髮的小妹妹，妳被某種壞東西給看上了。我都知道喔。
是、是誰啊？
我是剛好路過的靈媒。一切肇因於妳家中某件東西……沒錯，是某種像枕頭的物品。
要是留在身邊會招來厄運，最好帶去神社驅邪。
什麼啊？看起來就很可疑……
驅邪的神社最好是股毛神社……啊！等一等……
有沒有不要的枕頭啊——？
要是有不要的枕頭，可以換成新枕頭呦。舊枕頭換新枕頭喔——！
ガラッ
（哐啷）
好吵啊。第一次聽到有人在換枕頭。

舊枕頭
換新枕頭呦。
ドン
（咚）
呀啊！
ガラガラ
ドッシャー
（喀啦喀啦咚——）
嘰喳嘰喳
嘰喳
ピシャッ
（唰）
是它們！
它們果然是爲
枕頭而來的！
那是什麼？
是模仿
阿拉丁嗎？
該怎麼辦才好？
交出去比較好嗎？
交給它們
之後呢？
會不會發生
不好的事？
什麼不好的
事啊？
バタバタ
（啪噠　啪噠　啪噠）
我也不知道啊。
但那些蟲子和
大頭妖怪把我們
視爲敵人了吧？
應該沒錯……
但我還不清楚
實際狀況……
バタバタ
（啪噠　啪噠）
……那麼，
東西
在哪裡？
我藏在
閣樓了。

バタバタ
ドタドタ
ドタビタ
バタバタ
バタ
（啪噠啪噠 咚咚咚咚 啪噠啪噠啪噠）
啊！波里斯！
バタ
バタ
バタバタ
（啪噠啪噠 啪噠啪噠）
哇啊呀──！
喔！到手了！

慢著——!
快逃!
哇!追來啦!
接住!
好!
東西交出來!
哇啊!
交棒!
嘿!
逃到那裡了!
紙魚子!在那邊!
可惡——!老子不會放過你們!

接著！
嘿！
交給妳啦！
咦？
哇！栞！拜託妳了！
咦？等等……
怎、怎麼辦才好？這東西……
糟了！是死路！
嘰喳嘰喳嘰喳
在這裡嗎？老子要逮住她，撕得碎爛！

啊！找到了！
哈哈哈！大頭！我搶回來啦！
可惡！被拿回去了……
栞在哪裡？
混帳東西！竟然被大足搶先一步！既然如此，我就把躲在這裡的傢伙全殺來吃掉！
哇啊！這傢伙怎麼亂遷怒啊！
快逃！
再回到股毛神社──
呼啊──這是結界喔──
這是結界。
這是結界──
最後的王牌也被搶回去了啊。該怎麼辦？
……話說那到底是什麼？
天曉得……？我也不知道。

那些傢伙拚死都要奪回去，是很重要的東西吧？
都不知道是什麼，還敢說是王牌嗎？
我為什麼混進了妖怪聚會啊？
沒看過妳耶，妳是哪一類的妖怪啊？
呃……舊書相關的……
原來如此，這類相關的妖怪不少呢。是夥伴……
敵方的公主也不知躲到哪裡，已經無計可施了嗎……
請問……栞後來就消失了，有人知道她在哪裡嗎？打她手機也不通。
可能是被那群傢伙吃了吧。
怎麼會……
我也聽說可能是變成繭姬的糧食了。
那位繭姬躲去了哪裡？
要是知道就省事多了。
到底這麼多妖怪蟲子是從哪裡來的啊？
這麼說來，牠們不是從某處而來，而是突然現身的。
公主進城時，是在藤蔓宅邸附近消失了蹤跡。
藤蔓宅邸？
我想起來了，那一帶的圍牆上出現好多詭異的發光痕跡呢。
是鴻鳥同學的家……
不好意思……這、這、這、這是結界！
不能進來喔！這是結界……
嗚啊——！

(嗶哩——)
哇啊！攻過來了！
慢著！你們要去哪裡？
當然是逃命啊。這樣下去所有人都會被那些傢伙吞進肚的。
眞是沒出息！你們還稱得上是胃之頭町的妖怪嗎!?
就、就算妳這麼說……
關鍵在藤蔓宅邸。或許線索就在那，去看看吧。
咦？不要啦！說不定是敵方大本營……
所以才要去啊！不要廢話了，跟我來！

眞、眞的要進去？
都到這裡了，就堂堂正正決勝負吧。
您好——……我是紙魚子，請問友子同學在家嗎？
哎呀，是紙魚子同學啊。請進。友子正在廚房呢，她最近比平常更投入料理……
呃……是我朋友啦。
好忙呀！眞是的，他們食量也太大了……
接著還得準備家人的餐點，有沒有幫手呢。
友子同學，這隻手可以幫妳喔。
恕、恕我拒絕。
咦？只有紙魚子同學一個人嗎？栞同學呢？

呃……她今天不太方便……
我很想倒茶招待妳，但現在忙不過來……
沒關係啦。對了，妳在煮什麼？
是濃湯喔。聽說是公主殿下喜愛的料理。
公主殿下？
啊，糟了！他們要我不能說的。
記得我之前提過盤子和茶碗的神靈嗎？
我奉上供品後，來訪的神靈就越來越多，連名為公主殿下的神靈也現身了。
從那時開始，料理供品就變成了麻煩事……不只兩名大將，還有公主殿下要用餐……
那位公主殿下在哪裡？
我只在她初次來訪時見過一面。之後都是傭人前來取餐……
傭人好像是從地下室過來的。
啊，出現了。
嘰喳嘰喳
サッ
沙

今天是奶油燉菜喔。
喂！再多煮一些。公主殿下總算心情好轉起來，久違地恢復了食欲啊。
咦？我才剛煮好燉菜啊……
嘰喳嘰喳嘰喳
偶爾換點菜色如何？比方說……
螃蟹湯之類的……
不需要！妳煮公主殿下喜歡的燉菜就好！燉菜也有各種口味吧！
嘰喳嘰喳
雖然貴為將軍大人，但說話也太過蠻橫……

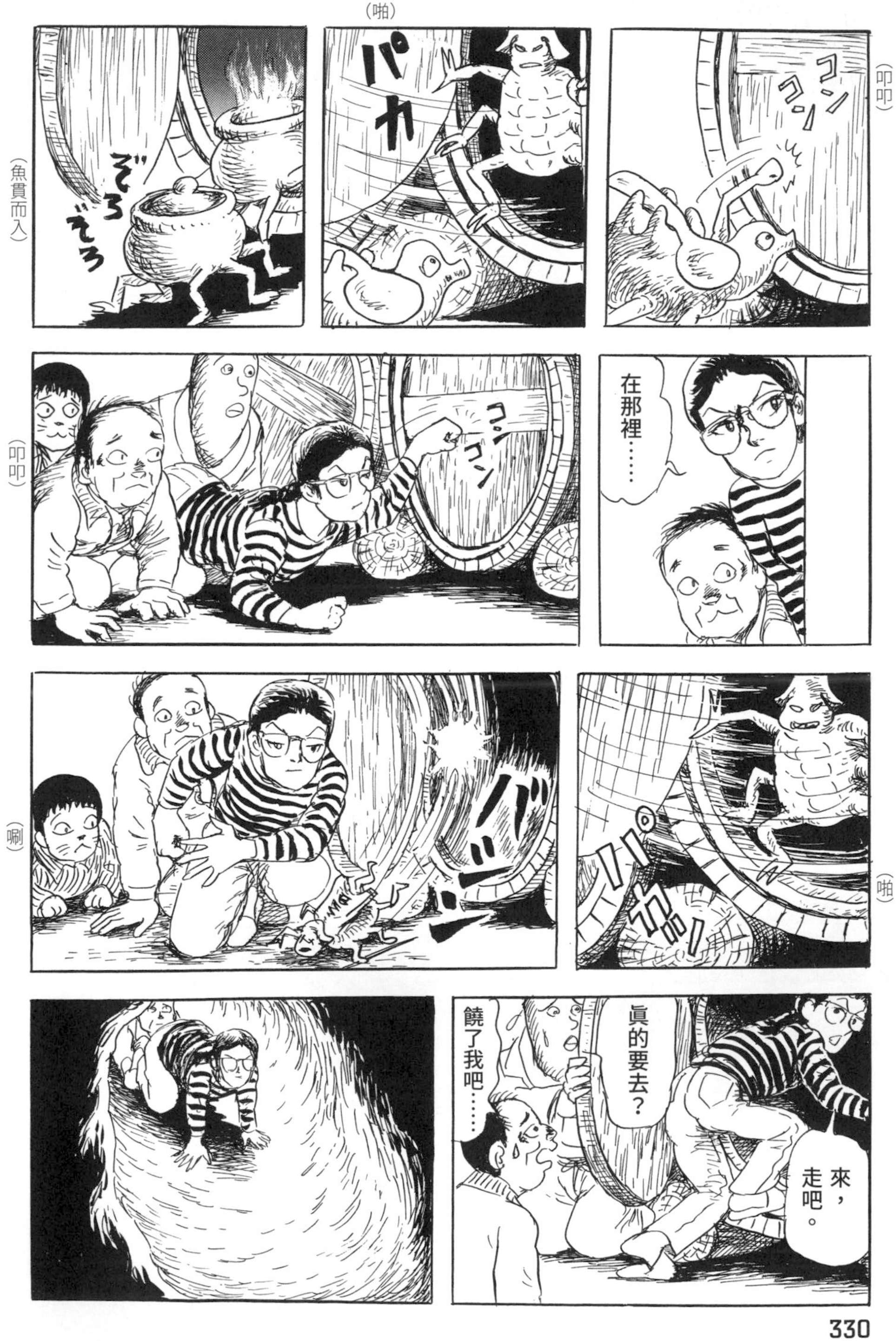
（叩叩）
コンコン
（啪）
パカ
（魚貫而入）
ぞろぞろ
在那裡……
（叩叩）
コンコン
（啪）
パカッ
（唰）
バシッ
來，走吧。
眞的要去？
饒了我吧……

胃之頭町的訪客

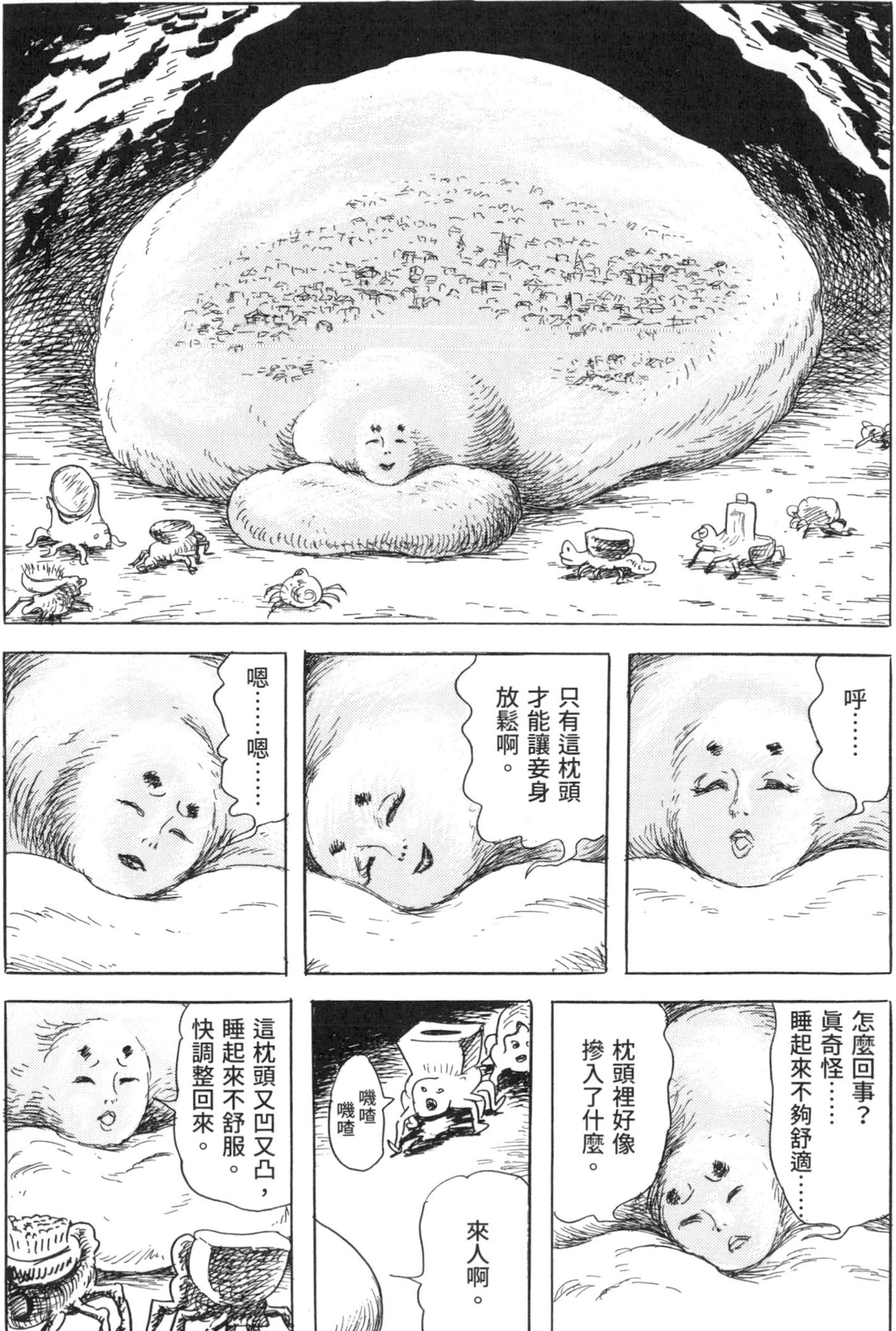

呼……
只有這枕頭才能讓妾身放鬆啊。
嗯……嗯……
怎麼回事？真奇怪……睡起來不夠舒適……
枕頭裡好像摻入了什麼。
嘰喳嘰喳
來人啊。
這枕頭又凹又凸，睡起來不舒服。快調整回來。

嘰喳 嘰喳
嘰喳……？
邊緣的縫線破了？眞受不了，都是之前的騷動……
把針線叫來，還有剪刀……
妾身心愛的枕頭破損了，快點修好它。
嘰喳……
ドゲシッ
(咚)
呼！好悶啊。撐不下去了……
嘰喳喳！
是何方神聖？竟鑽入妾身的枕頭……
我以爲只是像枕頭的東西，沒想到眞是枕頭啊。
又是妳嗎？膽敢阻礙妾身的傢伙，將落得這種下場！
(啵)
ぷいっ

ペチャ
啪
這個是……人偶？
怎、怎麼長得和我好像……？
好不舒服，到底是什麼？
呵呵呵！只要將妳扔出繭外，妳便無法再重生囉。
重生……？什麼意思……？
這又是什麼？
有房子，也有人……是城鎮的微縮模型嗎？
咦？那是學校？和胃之頭高中好像……
車站附近、神社……啊！連宇論堂都有……？
古書
這裡面裝縮小的胃之頭町！
呵呵呵！這是妾身的孩子喔。

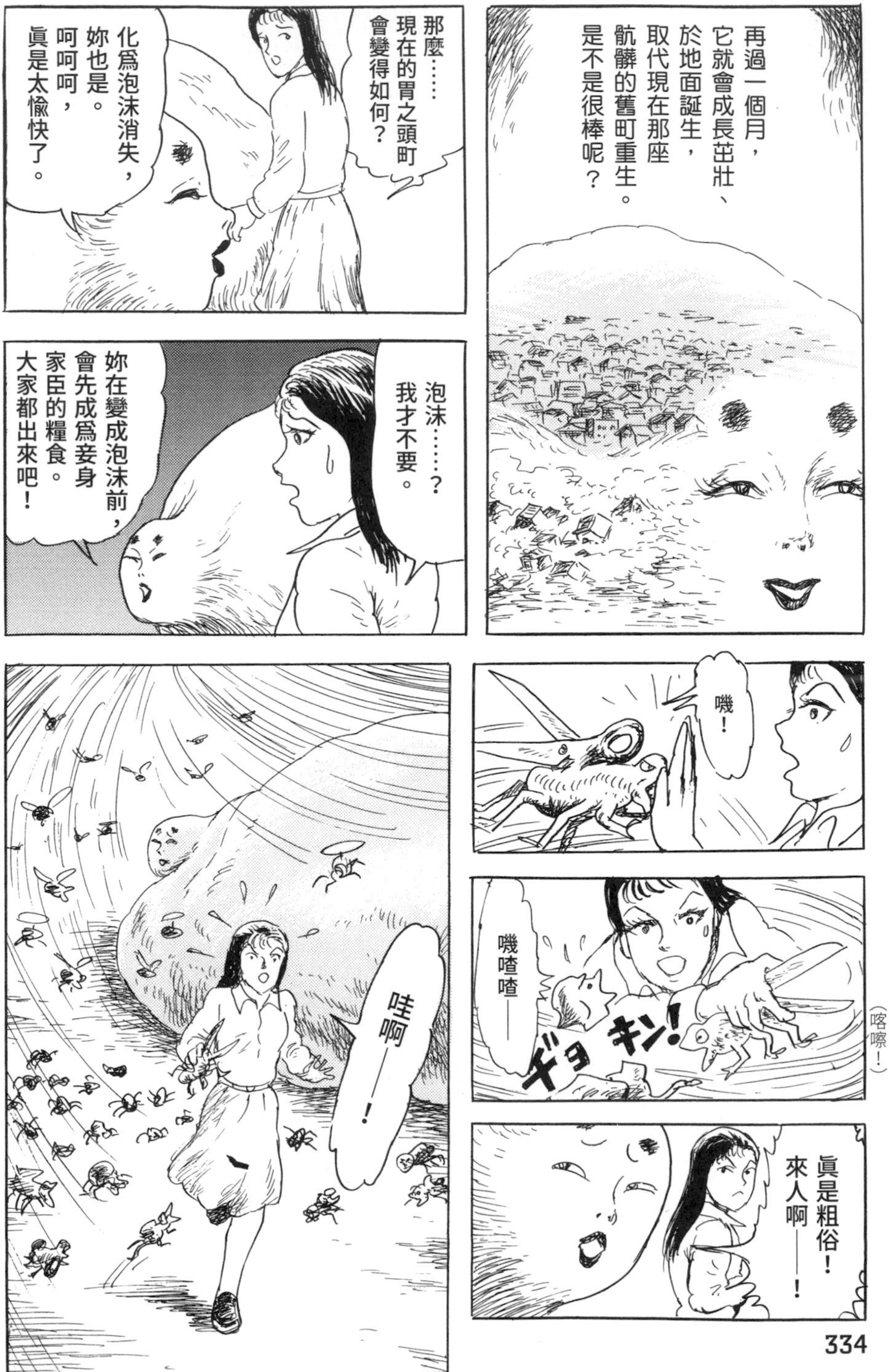
再過一個月，
它就會成長茁壯、
於地面誕生，
取代現在那座
骯髒的舊町重生。
是不是很棒呢？
那麼……
現在的胃之頭町
會變得如何？
化爲泡沫消失，
妳也是。
呵呵呵，
眞是太愉快了。
泡沫……？
我才不要。
妳在變成泡沫前，
會先成爲妾身
家臣的糧食。
大家都出來吧！
嘰！
嘰喳喳——
ギョキン！
（喀嚓！）
眞是粗俗！
來人啊——！
哇啊——！

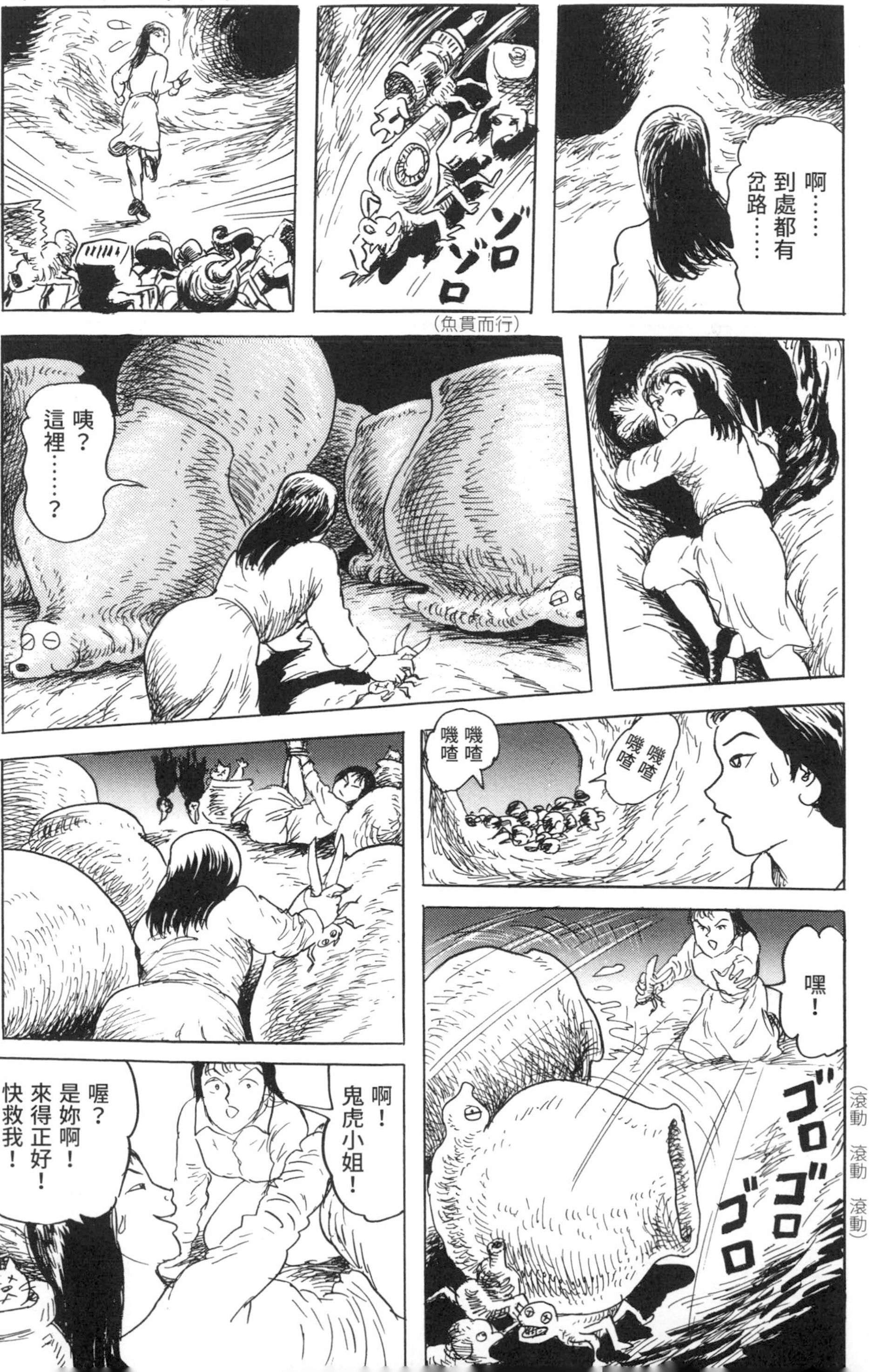
啊……到處都有岔路……
ゾロゾロ
(魚貫而行)
咦？這裡……？
嘰喳嘰喳
嘰喳嘰喳
嘿！
ゴロゴロゴロ
(滾動 滾動 滾動)
啊！鬼虎小姐！
喔？是妳啊！來得正好！快救我！

怎麼回事？這些是什麼？
這裡是那些傢伙的糧倉，構造和螞蟻窩一樣。
這個借我！
嘿呀──！
ズバ
ド
（唰唰）
我鬼虎大人可不會乖乖任你們擺布！
嘿！嘿！
趁現在！走這條岔路……！

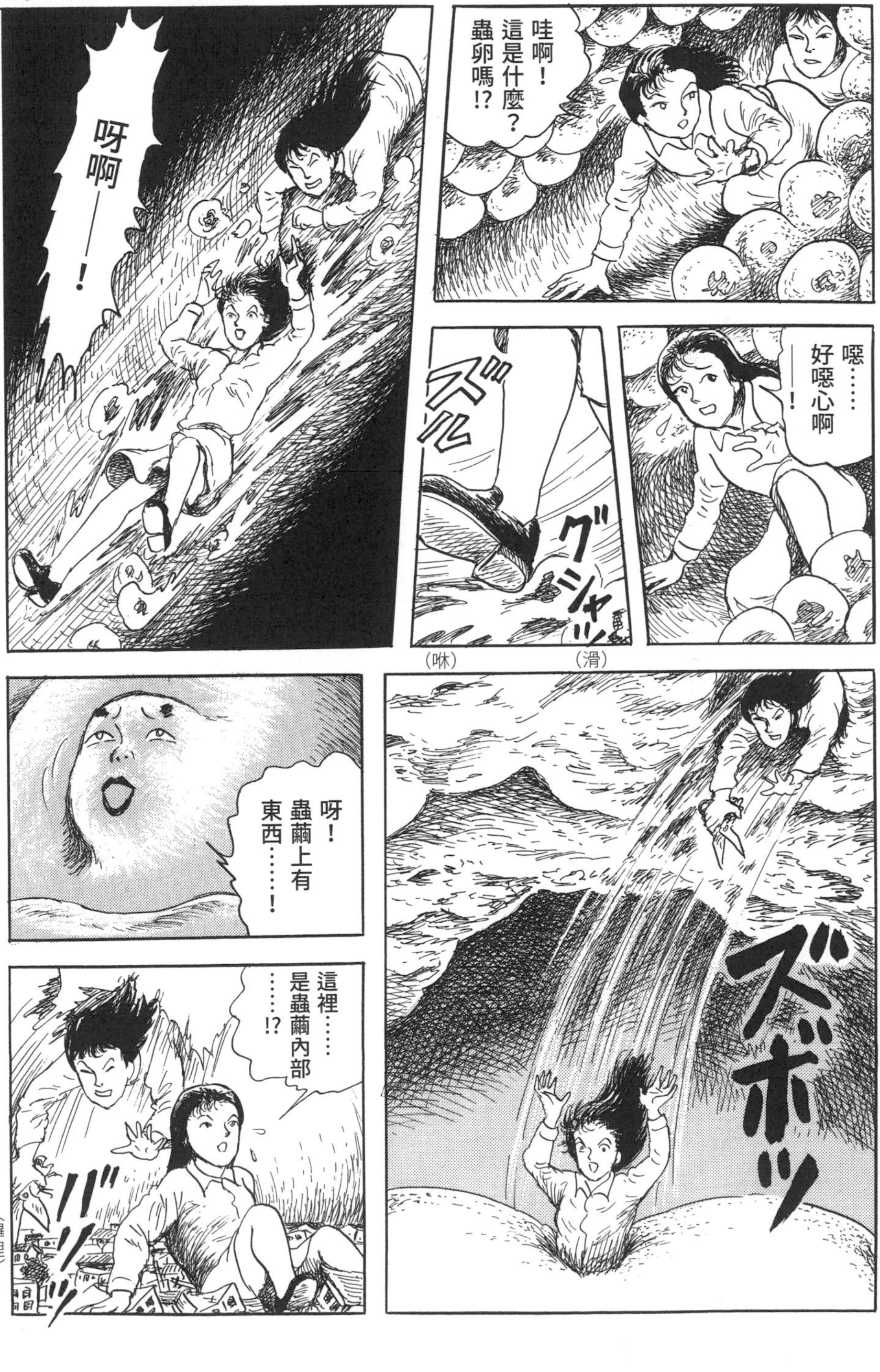
哇啊！這是什麼？蟲卵嗎!?
呀啊——！
噁……好噁心啊——！
ズル
グシャッ
（咻）
（滑）
ズボッ
（啵）
呀！蟲繭上有東西……！
這裡……是蟲繭內部……!?
バリッ
（嗶哩）

搞什麼——？這些微縮模型……是打算拍怪獸電影嗎？
吼——！鬼虎怪獸來襲！看我的！
グシャ
ギ
バ
グシャ
(嗶哩 啪啦 哐啷)
快、快住手！無禮的傢伙！滾出去！
ぶる
ぶる
ぶる
ぶる
(抖動 抖動 抖動 抖動)
ギョキ
ギョキ
(喀嚓 喀嚓 喀嚓)
呀啊——！妳、妳們在做什麼！
ザクッ
(啪)
嘿——！眞煩人！

大、大頭！救救妾身——！
啊！是鬼虎小姐！栞也在！
ボカン
（鏘啷）
妳、妳們對公主殿下做了什麼——！
シュ——
（唰——）
ブクブク
ブクブク
ブクブク
ブクブク
（嗶哩　啪啦　嗶哩　啪啦）

シュー
ブクブクブク
シュー
ブクブクブクブク
シュー
啊啊……妾身的藺……！
（咻——嗶哩啪啦　咻——嗶哩啪啦　咻——）
栞——！這邊！
啊！紙魚子！
往這邊！快！
ブク
ブク
ブク
ブク
（嗶哩　啪啦　嗶哩）
シュー
ブクブク
シュー
ブクブク
シュー
（咻——嗶哩啪啦　咻——嗶哩啪啦　咻——）

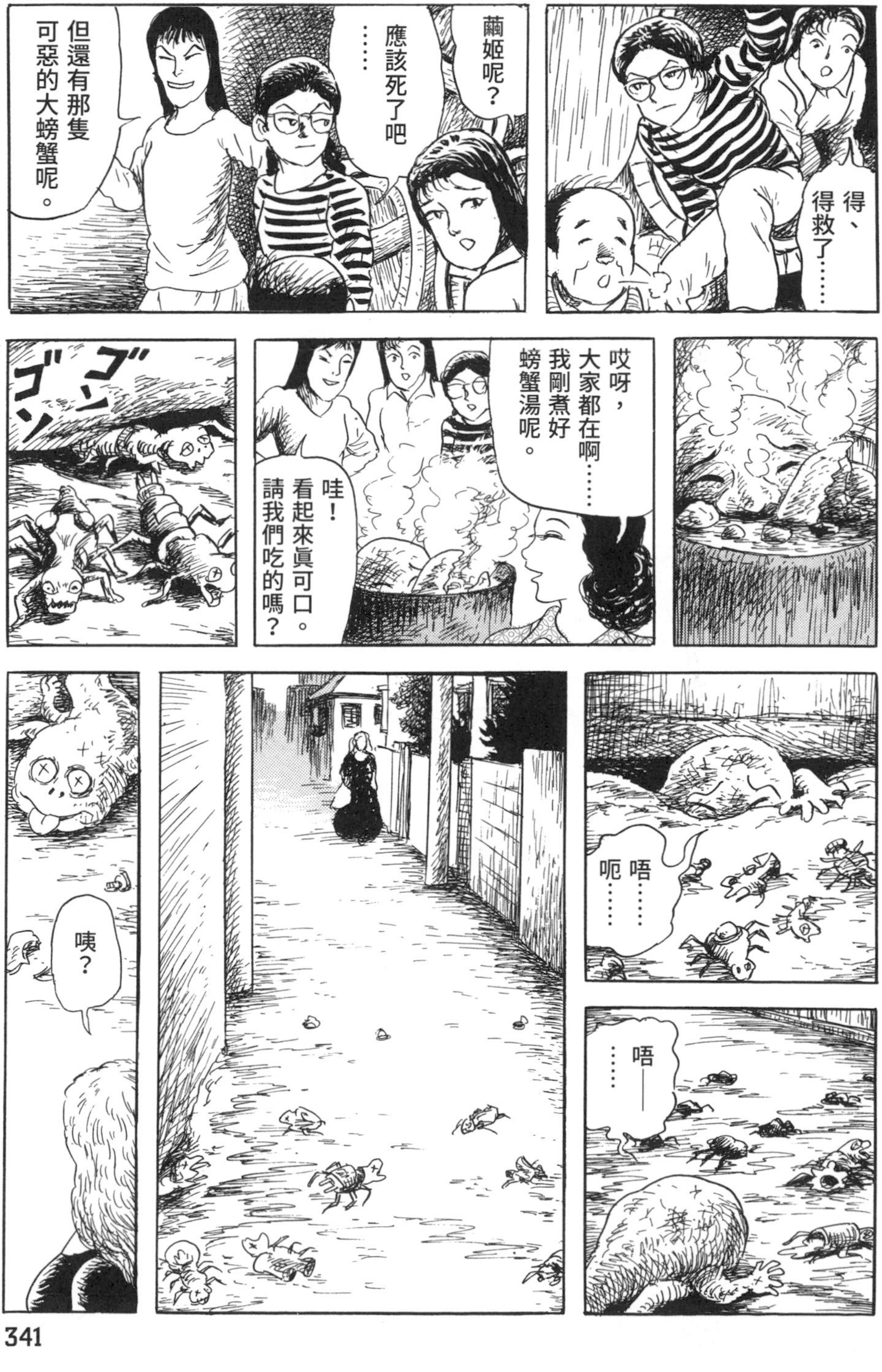
得、
得救了……
藺姬呢？
應該死了吧……
但還有那隻可惡的大螃蟹呢。
哎呀，大家都在啊……我剛煮好螃蟹湯呢。
哇！看起來眞可口。請我們吃的嗎？
ゴン
ゴン
（喀啦　喀啦）
唔……呃……
唔——……
咦？

或許是地底的蟲繭化為泡影之故，
在那之後，
胃之頭町回歸正常。
器皿妖怪蟲都消失了，
只留下甲殼般的東西。
大頭將軍也不見蹤影。
不過倒是看見
段老師的太太買了
特大號醃漬用空瓶
回家……
我在想啊，
要是讓蟲繭
繼續成長的話，
結果會
變得怎麼樣？
咦？
我們不是差點就
變成泡沫消失了嗎？
但全新的我們會和
胃之頭町一起轉生啊，
不是嗎？
就像腸腑市一樣……
那樣一來，
會有什麼改變嗎？
天曉得……
我只知道自己
差點就變成
蟲子的糧食了。
那真是萬幸。
妖怪們也逃過一劫……

胃之頭町的訪客♣完

新作單篇漫畫

栞與紙魚子的海灘遊記

花枝巨怪

編註：本篇原文台詞和擬聲詞爲日文的回文，但爲求讓讀者理解劇情，依照原文翻譯。並將原文台詞及羅馬拼音放置於356頁，供讀者參考。

看！海女！
靠關係！
我媽。
男生們睡著了呢。
海之家
來隻花枝嗎？
臭小孩！

我生氣了！
睡死了。
我要找出那小鬼報仇！
汪汪
喂！喂！
他在那裡。
是嗎？

好像被騙了。
咦？
是站立花枝巨怪！
（咻！）

有花枝巨怪啊！
是超常現象！
你早就料到了嗎!?
嘿！

忍痛攻擊的花枝！
討厭！
騙人！
こそ。。。
(悄悄……)
ウヨウヨ
(扭來扭去)
哇啊！哇啊！
好！
咦!?
拿來！

屁股被看光了。
知道錯了嗎？
嗯？
輕鬆！
哇！

花枝怪♣完

出處一覽

雜貨戰爭……Nemuki★2000年1月號
蠹魚……Nemuki★2000年5月號
古書地獄之家……Nemuki★2000年7月號
在陌生小鎮……Nemuki★2000年9月號
臉・其他……Nemuki★2000年11月號
蠹魚之二……Nemuki★2001年1月號
夜魚……Nemuki★2001年3月號、5月號
烏賊井編輯的猶疑……Nemuki★2001年11月號
犬魔的祕寶……Nemuki★2002年3月號
胃之頭町的訪客……Nemuki★2003年3月號、5月號、9月號

宇論堂奇珍異書目錄

《直立魚類》　盧・昆多斯著　坂名 鱗 譯

全書分上下冊，店內僅收藏上冊（非賣品）
介紹虛構動物的書籍，詳細解說演化為直立步行的魚類生態。
作者為法國繪本作家、魚類學者。
書況略差。

《殺戮詩集》　菱田鬼虎著　限量五百本自費出版

流浪女詩人菱田鬼虎首部詩集。據聞為虐殺戀人後、於心神喪失狀態下完成。
本書為作者簽名版。

《陳氏菜經》　陳殖通著

中國明朝宦官兼美食家所著，為作者自行搜集、研發各種食材的食譜全集。本書為復刻版，已刪減最後的人肉料理章節。完全版曾於戰前出版，據聞戰後有人參考本書啖食人肉，故禁止發行。

「室井恭蘭全集」　共九冊

首部彙整江戶時代國學家・室井恭蘭著作的全集。詳盡收錄顯為人知的文章，包含有偽書疑雲的《信濃祕誌》。
宇論堂的藏書獨缺第四冊。

《地獄三點的下午茶時間》　夜川宇宙夫著　慘殺堂出版

二十三歲英年早逝的天才偵探作家．夜川宇宙夫出道長篇著作，業界夢幻逸品。夜川完成小說後對內容不甚滿意，要求停止出版卻不受採納。夜川便犯下殺害出版社社長、於印刷廠縱火等暴行。據聞當時有十數冊殘書倖免於難，然而僅有少數人真正見過。其後，夜川於監獄繼續寫作，在留下兩部著作後自盡。

《人頭的正確飼養方法》
作者不詳　金魚堂出版

雖然號稱「興趣與實踐」系列，但應為諧擬實用書的惡搞讀物。介紹初學者如何在水槽飼養人頭。

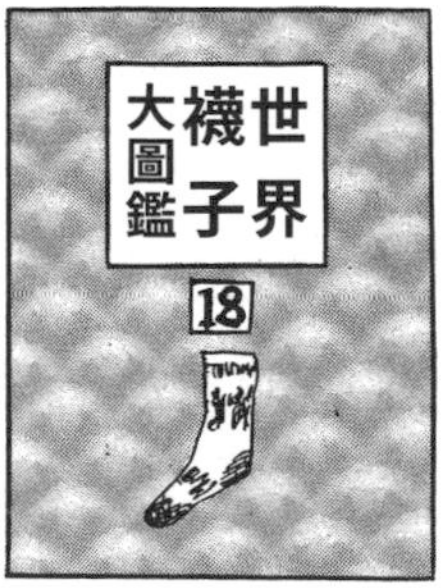

《世界襪子大圖鑑》
H•索克斯著

網羅全世界襪子的寫真集，全套共三十五冊。襪子製造商「阿西西」出版社紀念創社百年的出版品。話說回來，會有人買這種書嗎？

「山田沙丹惡魔學系列」
山田沙丹著　魔宴社出版

全系列共十三冊。作者自稱為惡魔主義者，受撒旦啟示完成本書。然而包含第一冊《魔王瑠死滅的一生》，本系列內容似乎難以稱之為惡魔學。

其他（百元均一價）

「嘔爛文學月刊」
撲殺社出版

段一知進行連載的恐怖小說雜誌。宇論堂每月都會收購段一知帶來店裡的舊刊，目前難以處理庫存。

NAZOMAN 18

栞與紙魚子 3

原著書名／新裝版栞と紙魚子 3　作　者／諸星大二郎
原出版社／朝日新聞出版　翻　譯／丁安品
編輯總監／劉麗真　責任編輯／詹凱婷

總 經 理／陳逸瑛
榮譽社長／詹宏志
發 行 人／凃玉雲
出 版 社／獨步文化
城邦文化事業股份有限公司
104台北市中山區民生東路二段141號5樓
電話：(02) 2500-7696　傳真：(02) 2500-1967
發　　行／英屬蓋曼群島商家庭傳媒股份有限公司
城邦分公司
104台北市中山區民生東路二段141號2樓
網　　址／www.cite.com.tw
讀者服務專線／(02) 2500-7718；2500-7719
服 務 時 間／週一至週五　09：30～12：00
13：30～17：00
24小時傳真服務／(02) 2500-1900；2500-1991
讀者服務信箱E-mail／service@readingclub.com.tw
劃撥帳號／19863813
戶　　名／書虫股份有限公司
香港發行所／城邦（香港）出版集團有限公司
香港灣仔駱克灣道193號東超商業中心一樓
電話：(852) 2508-6231　傳真：(852) 2578-9337
馬新發行所／城邦（馬新）出版集團　Cite (M) Sdn Bhd
41, Jalan Radin Anum, Bandar Baru Sri Petaling,
57000 Kuala Lumpur, Malaysia.
Tel: (603) 90578822　Fax: (603) 90576622
email:cite@cite.com.my

封面設計／鄭婷之
印　　刷／漾格科技股份有限公司
排　　版／傅婉琪
□2022年（民111）8月初版
□2022年（民111）8月5日初版3刷
售價420元

SHINSOBAN SHIORI TO SHIMIKO 3

ISBN：978-626-70737-2-8
ISBN：978-626-70737-3-5 (EPUB)

原文台詞與羅馬拼音

343頁

したでめー
shitademe

したでめー
shitademe

海（うみ）海（うみ）
umi umi

344頁

海女（あま）
海女（あま）
ama ama

コネ！
kone ！

母（はは）母（はは）
haha haha

男子（だんし）
うとうとだや
danshi utouto daya

イカはいかが
ika wa ikaga

わるガキ
warugaki

345頁

あたし
怒（いか）り満（み）つ！
atashi ikari mitsu!

寝（ね）た
neta

みつけてしかえしよ！
mitsukete shikae shiyo ！

わうわう
wauwau

ようよう
you you

そこだや
sokodaya

そうかい
soukai

346頁

嘘（うそ）教（おし）えた
みたい
uso oshieta mitai

ん？
n ？

立（た）てし
巨大（きょだい）イカよっ
tateshi kyodai ika yo

ブ！
Bu ！

347頁

イカの怪物（かいぶつ）よ！
ika no kaibutsuyo ！

怪異（かい）だ！
kai da ！

予期（よき）してた！？
yoki shiteda ！？

ん！
n ！

348頁

痛（いた）み耐（た）えし
襲（おそ）うイカ！
itami taeshi osou ika ！

うそ！
uso ！

やだ！
yada ！

こそ……
koso……

ウヨウヨ
uyouyo

うわうわ
uwauwa

よし！
yoshi!

え！？
e ！？

かして！
kashite ！

349頁

ケツ見（み）たね
ketsu mita ne

罪（つみ）理解（りかい）
した？
tsumi rikai shita ？

あ？
a ？

気（き）軽（がる）！
kigaru ！

わ！
wa ！

350頁

瓦（が）解（かい）！
gakai ！

破（は）壊（かい）！！
hakai ！！

やだ
yada

とうとう
死（し）んだ？
toutou shinda ？

ハハハハ
hahahaha

猫（ねこ）？
neko ？

まあまあ
maa maa

ミウミウ
miu miu

めでたし
medatashi

めでたし
medatashi

↑請從最後一句開始從右至左、從下往上念一次，便可發現原文台詞倒著念回去，就是故事一開始的台詞。